我道人生当如是

邹韬奋　胡适 等著

光明日报出版社

图书在版编目（CIP）数据

我道人生当如是 / 邹韬奋等著. -- 北京：光明日报出版社，2024.1
ISBN 978-7-5194-7733-2

Ⅰ.①我… Ⅱ.①邹… Ⅲ.①散文集—中国—现代②散文集—中国—当代 Ⅳ.①I266

中国国家版本馆CIP数据核字(2024)第004043号

我道人生当如是
wo dao rensheng dang ru shi

著　　者：邹韬奋　胡　适　等	
责任编辑：郭玫君	策　　划：崔付建　秦国娟　朱　莹
封面设计：鸿儒文轩·末末美书	责任校对：房　蓉
责任印制：曹　净	

出版发行：光明日报出版社
地　　址：北京市西城区永安路106号，100050
电　　话：010-63169890（咨询），010-63131930（邮购）
传　　真：010-63131930
网　　址：http://book.gmw.cn
E - mail：gmrbcbs@gmw.cn
法律顾问：北京市兰台律师事务所龚柳方律师

印　　刷：三河市华东印刷有限公司
装　　订：三河市华东印刷有限公司
本书如有破损、缺页、装订错误，请与本社联系调换，电话：010-67019571

开　　本：145mm×210mm　　　印　张：7.5
字　　数：125千字
版　　次：2024年1月第1版
印　　次：2024年1月第1次印刷
书　　号：ISBN 978-7-5194-7733-2
定　　价：46.00元

版权所有　翻印必究

目 录

一 活着，就不能白白地活

人生目的何在	梁启超	002
最苦与最乐	梁启超	007
无聊消遣	梁启超	010
人生真义	陈独秀	014
略谈人生观	胡 适	019
新生活——为《新生活》杂志第一期做的	胡 适	024
死之默想	周作人	027

二 逢山开路，遇水架桥

现代青年活动的方向	李大钊	032
尽我所有	邹韬奋	039
干	邹韬奋	043
打破浪漫病	胡适	045
一个行乞的诗人（节选）	徐志摩	050
"今"	李大钊	056
光阴	陆蠡	062
唯一的听众	郑振铎	068

三 心中有尺，做事有度

敬业与乐业	梁启超	074
"旁若无人"	梁实秋	080
说"面子"	鲁　迅	085
论"人言可畏"	鲁　迅	089
明哲保身的遗毒	邹韬奋	094
社会信用	邹韬奋	098
正　义	朱自清	102
论老实话	朱自清	107
论说话的多少	朱自清	115
关于狗的回忆	傅　雷	120
落花生	许地山	125

四 人生如寄,苦中作乐

随遇而安	汪曾祺	128
跑警报	汪曾祺	141
小 病	老 舍	152
有了小孩以后	老 舍	156
儿 女	朱自清	163
高 兴	邹韬奋	173
看守所	邹韬奋	178
书房的窗子	杨振声	182

五 万般滋味，皆是生活

自传难写	老　舍	190
又是一年芳草绿	老　舍	193
清贫慰语	郁达夫	199
泪与笑	梁遇春	203
第二度的青春	梁遇春	208
匆　匆	朱自清	212
中年人的寂寞	夏丏尊	214
寂　寞	陆　蠡	218
永久的憧憬和追求	萧　红	224

一

活着，就不能白白地活

人生目的何在

梁启超

呜呼！可怜！世人尔许忙！忙个什么？所为何来？

那安分守己的人，从稍有知识之日起，入学校忙，学校毕业忙，求职业忙，结婚忙，生儿女忙，养儿女忙，每日之间，穿衣忙，吃饭忙，睡觉忙，到了结果，老忙，病忙，死忙。忙个什么？所为何来？

还有那些号称上流社会，号称国民优秀分子的，做官忙，带兵忙，当议员忙，赚钱忙；最高等的，争总理总长忙，争督军省长忙，争总统副总统忙，争某项势力某处地忙；次一等的，争得缺忙，争兼差忙，争公私团体位置忙，由是而运动忙，交涉忙，出风头忙，捣乱忙，奉承人忙，受人奉承忙，攻击人忙，受人攻击忙，倾轧人忙，受人倾轧忙。由是而妄语忙，而欺诈行为忙，而妒嫉忙，而恚恨忙，而怨毒忙，由是而决斗忙，而惨杀忙。由是而卖友忙，而卖国忙，而卖身忙。那一时得志的便宫室之美忙，妻妾之奉忙，所识穷乏者得我忙；每日行事，则请客忙，拜客忙，坐马车汽车忙，麻雀忙，扑克忙，花酒忙，听戏忙，陪姨太太作乐忙，和朋友评长论短忙。不得志的哪里肯干休，还是忙；已得志的哪里便满足，还是忙。就是那外面像极安闲的时候，心里千方百计转来转去，恐怕比忙时还加倍忙；乃至夜里睡着，梦想颠倒嗔痴恐怖，和日间还是一样的忙，到了结果，依然还他一个老忙，病忙，死忙。忙个什么？所为何来？

有人答道，我忙的是要想得到快乐。人生在世，是否以个人快乐为究竟目的为最高目的，此理甚长，暂不细说。便是将快乐作为人生目的之一，我亦承认；但我却要切切实实问一句话：汝如此忙来忙去，究竟现时是否快乐，从前所得快乐究竟有多少，将来所得快乐究竟在何处？拿过去现在未来的快乐，和过去现在未来的烦恼，相乘相除是否合算？白香山诗云：

"妻子欢娱僮仆饱，看来算只为他人。"当知虽有广厦千间，我坐不过要一床，卧不过要一榻。虽有貂狐之裘千袭，难道我能够无冬无夏，把它全数披在身上？虽有侍妾数百人，我难道能同时一个一个陪奉他受用？若真真从个人自己快乐着想，倒不如万缘俱绝，落得清净。像汝这等忙来忙去，钩心斗角，时时刻刻，都是现世地狱，未免太不会打算盘了。如此看来，哪里是求快乐，直是讨苦吃。我且问汝：汝到底忙个什么，所为何来？若说汝目的在要讨苦吃，未免不近人情，如若不然，汝总须寻根究底，还出一个目的来。

以上所说，是那一种过分的欲求，一面自讨苦吃，一面造成社会上种种罪恶的根源。此等人不惟可怜而且可恨，不必说他了。至于那安分守己的人，成日成年，动苦劳作，问他忙个什么，所为何来，他便答道：我总要维持我的生命，保育我的儿女。这种答语，原是天公地道，无可批驳；但我还要追问一句：汝到底为什么要维持汝的生命，汝维持汝的生命，究竟有何用处。若别无用处，那便是为生命而维持生命。难道天地间有衣服怕没人穿，有饭怕没人吃，偏要添汝一个人来帮着消缴不成。则那全世界十余万万人，个个都是为穿衣吃饭两件事来这世间鬼混几十年，则那自古及今无量数人，生生死死死死生生，不过专门来帮造化小儿吃饭，则人生岂复更有一毫意味。又既已如此，然则汝用种种方法，保育汝家族，繁殖汝子孙，又所为何来。难道因为天地间缺少衣架缺少饭囊，必须待汝构造？如若不然，则汝一日一月一年一世忙来忙去，到底为的什么，汝总须寻根究底，牙清齿白，还出一个目的来。

孟子曰："人之所以异于禽兽者几希。"且道这几希的分别究在何处。依我说：禽兽为无目的地生活，人类为有目的地生活，这便是此两部分众生不可逾越的大界线。鸡狗畜终日营营，问他忙个什么，所为何来，虫蝶翩翔，蛇蟺蜿蜒，问他忙个什么，所为何来？溷厕中无量无数粪蛆，你爬在我背上，我又爬在你背上，问他忙个什么，所为何来。我能代他答道：我忙个忙，我不为何来。勉强进一步则代答道，我为维持我生命繁殖我子孙而来。试问人类专替造化小儿穿衣吃饭过一生的，与彼等有何分别。那争权争利争地位忽然趾高气扬忽然垂头丧气的人，和那爬在背上挤在底下的粪蛆有何分别。这便叫作无目的地生活，无目的地生活只算禽兽不算是人。

我这段说话，并非教人不要忙，更非教人厌世。忙是人生的本分，试观中外古今大人物若大禹、若孔子、若墨子、若释迦、若基督，乃至其他圣哲豪杰，哪一个肯自己偷闲？哪一个不是席不暇暖突不得黔奔走凄惶一生到老？若厌忙求闲，岂不反成了衣架饭囊材料。至于说到厌世，这是没志气的人所用的字典方有此二字；古来圣哲从未说过，千万不要误会了。我所说的是告诉汝终日忙终年忙，总须向着一个目的忙去。汝过去现在到底忙个什么，所为何来，不惟我不知道，恐怕连汝自己也不知道；汝自己不惟不知道，恐怕自有生以来，未曾想过。呜呼！人生无常，人身难得，数十寒暑，一弹指顷，便尔过去；今之少年，曾几何时，忽已顾然而壮，忽复颓然而老，忽遂奄然而死。囫囵模糊，蒙头盖面，包脓裹血，过此一生，岂不可怜，岂不可惜！何况这种无目的的生活，决定和那种种忧怖烦恼纠缠不解，长夜漫漫，如何过得。我劝汝寻根究底还出一个目的来，便是叫汝黑暗中觅取光明，敦促汝求一个安身立命的所在。汝要求不要求，只得随汝，我又何能勉强。但我有一句话：汝若到底还不出一个目的来，汝的生活，便是无目的，便是和禽兽一样，恐怕便成孟子所说的话："此则与禽兽奚择"了。

汝若问我人生目的究竟何在，我且不必说出来，待汝痛痛切切彻底参详透了，方有商量。

原载《国民公报》一九一八年十一月三日

最苦与最乐

梁启超

人生什么最苦呢?贫吗?不是。失意吗?不是。老吗?死吗?都不是。我说人生最苦的事莫苦于身上背着一种未来的责任。人若能知足,虽贫不苦;若能安分,虽失意不苦;老、病、死乃人生难免的事,达观的人看得很平常,也不算什么苦。独是凡人生在世间一天,便有一天应该做的事,该做的事没有做完,便像是有几千斤重担子压在肩头,再苦是没有的了。为什么呢?因为受那良心责备不过,要逃躲也没处逃躲呀!

答应人办一件事没有办,欠了人的钱没有还,受了人的恩惠没有报答，得罪了人没有赔礼，这就连这个人的面也几乎不敢见他；纵然不见他的面，睡里梦里都像有他的影子来缠着我。为什么呢？因为觉得对不住他呀！因为自己对于他的责任还没有解除呀！不独对于一个人如此，就是对于家庭，对于社会，对于国家，乃至对于自己，都是如此。凡属我受过他好处的人，我对于他便有了责任。凡属我应该做的事，而且力量能够做得到的，我对于这件事便有了责任。凡属我自己打主意要做一件事，便是现在的自己和将来的自己立了一种契约，便是自己对于自己加一层责任。有了这责任，那良心便时时刻刻监督在后头。这种苦痛却比不得普通的贫、病、老、死，可以达观排解得来。所以我说人生没有苦痛便罢，若有苦痛，当然没有比这个加重的了。

翻过来，什么事最快乐呢？自然责任完了，算是人生第一件乐事。古语说得好："如释重负"，俗语亦说："心上一块石头落了地。"人到这个时候，那种轻松愉快，真是不可以言语形容。责任越重大，负责的日子乃越长；到责任完了时，海阔天空，心安理得，那快乐还要加几倍哩！大抵天下事从苦中得来的乐才是真乐。人生须知道有负责任的苦处，才能知道有尽责任的乐处。这种苦乐循环，便是这有活力的人间一种趣味；

却是不尽责任，受良心责备，这些苦都是自己找来的。一翻过来，处处尽责任，便处处快乐；时时尽责任，便时时快乐。快乐之权操之在己，孔子所以说"无入而不自得"，正是这种作用。

然则为什么孟子又说"君子有终身之忧"呢？因为越是圣贤豪杰，他负的责任便越是重大；而且他常要把种种责任来揽在身上，肩头的担子，从没有放下的时节。曾子还说哩："任重而道远"，"死而后已，不亦远乎？"那仁人志士的忧民忧国，那诸圣诸佛的悲天悯人，虽说他是一辈子苦痛，也都可以。但是他日日在那里尽责任，便日日在那里得苦中真乐，所以他到底还是乐不是苦呀！

有人说："既然这苦是从负责任生来，我若是将责任卸却，岂不就永远没有苦了吗？"这却不然，责任是要解除了才没有，并不是卸了就没有。人生若能永远像两三岁小孩，本来没有责任，那就本来没有苦。到了长成，那责任自然压在你头上，如何能躲？不过有大小的分别罢了。尽得大的责任，就得大快乐；尽得小的责任，就得小快乐。你若是要躲，倒是自投苦海，永远不能解除了。

原载《大公报》一九一九年十二月二十九日

无聊消遣

梁启超

现时交际社会上有几句最通行的说话,彼此见面,多半问道:"近来作何消遣?"那答话的多半说道:"无聊得很,不过随便做做某样某样的玩意儿混日子罢了。"这几句话头,外面看来,像没有甚么大罪恶,哪里知道这便是亡国灭种的根源。这种流行病,一个人染着,这一个人便算完了;全国人染着,这国家便算完了。

天下最可宝贵的物件,无过于时间。因为别的物件,总可以失而复得;唯有时间,过了一秒,即失去一秒,过了一分,即失去一分,过了一刻,即失去一刻，失去之后，是永远不能恢复的。任凭你有多大权力，也不能堵着他不叫他过去；任凭你有多大金钱，也不能买他转来。所以古人讲的惜寸阴惜分阴，这并不是说来好听，他实在觉得天下可爱惜之物，没有能够比上这件的，所以拼命地一丝一毫不肯轻轻放过。

近来世界上发明许多科学，论它的作用，不过替人类节省时间的耗费，增大时间的效力。从前两三点钟才能办结的事，现在一点半点便可办结。因此尚可以将剩下的时间，腾出来拿去又干别的事业。所以现在的人，一日抵得过古人两三日的用处，一年抵得过古人两三年的用处，所以一世人能做古人两三世的事业。现世文明进步一日千里，这便是一个最大关键。

我国因为科学不发达，没有种种善用时间的方法，没有种种节省时间的器具，就令我们比人家加一倍勤劳，也只好做一世人当得人家半世便了。却是人家一日当得两三日用的还嫌不够，兢兢业业的一分一秒不敢糟蹋；我们两三日只当得一日用的，倒反觉得把他无可奈何，单只想个方法来消了他遣了他。咳！哪里想到天地间一种无价至宝，一落到我中国人手里，便一钱不值到这么田地。咳！可痛！咳！可怜！

《论语》说的有两段话：一段是"饱食终日，无所用心，难矣哉"；一段是"群居终日，言不及义，好行小慧，难矣哉"。孔子教人向来没有说过一个难字，单单对着这种人，一回说难矣哉，两回说难矣哉，可见这种人真是自外生成，便是孔圣人也拿他无法可施的了。

《大学》说的"小人闲居为不善，无所不至"；王阳明解说道："闲居时有何不善可为，只有一种懒散精神，漫无着落，便是万恶渊薮，便是小人无忌惮处。"就此看来，这种无聊咧，消遣咧，别看着是一种不相干的话头，须知种种堕落种种罪恶，都要从这里发生了。

一个人这样懒懒散散，这一个人便没了前途；全国人这样懒懒散散，这个国家这个种族便没了前途。三十年前有游历朝鲜的人做的笔记，说道："朝鲜人每日起来，个个都是把着一茶壶，衔着一根长烟袋，坐在树下歇凉，望过去像神仙中人。就只一点，便是朝鲜亡国灭种的根子。"前清末年，京城里旗人个个总靠着一分口粮，舒舒服服过日子，个个都是成日价手拿着一个雀笼，口哼着几句戏腔，无聊无赖，日过一日，稍有眼光的早知道这一种人不久就要被天然淘汰了。咄！中国人好的不学，倒要跟着朝鲜人学，跟着满洲人学，我看现在号称上中流社会的一班人，学他们倒越学越像了。既已如此，我们国家的将来种族的将来,那朝鲜人满洲人就是个榜样。这因果一定的法则,还可逃避吗?

顾亭林说的:"天下兴亡,匹夫有责。"须知这两句话,并不是教人个个去出风头做志士做伟人才算负责,就只我们日用起居平淡无奇的勾当,不是向兴国方面加一分力,便是向亡国方面加一分力。你道亡朝鲜的罪专在李完用等几个人身上吗?据我说,朝鲜几千万人没有一个脱得了干系,因为世间没有能在懒惰中生存的人类,没有能在懒惰中生存的国民。现在朝鲜是亡过了,恐怕世界上第一等懒惰国民要算我中国了,第一等懒惰人类要算我中国内号称上中流社会的人了。我想中国别的危险,还容易救,就是这上中流社会一种无聊懒散的流行病真真是亡国铁券,教我越想越寒心啊!

读我这篇文章的人或者说道:"我实无聊,所以要消遣。汝有甚么方法教我有聊呢?"这个我可以简单直截回他一句话:汝的无聊,是汝自己招的。汝要无聊,谁亦不能叫汝有聊。汝自己不要无聊,那么就多少年无聊种子,立刻消灭净尽了。汝若是真真自己不要无聊,还请将我前次所问"人生目的何在"这一句话细细参来。

人生真义

陈独秀

人生在世，究竟为的甚么？究竟应该怎样？这两句话实在难回答得很，我们若是不能回答这两句话，糊糊涂涂过了一生，岂不是太无意识吗？自古以来，说明这个道理的人也算不少，大概约有数种：第一是宗教家，像那佛教家说：世界本来是个幻象，人生本来无生；"真如"本性为"无明"所迷，才现出一切生灭幻象；一旦"无明"灭，一切生灭幻象都没有了，还有甚么世界，还有甚么人生呢？又像那耶稣教说：人类本是上帝用土造成的，死后仍旧变为泥土；那生在世上信从上帝的，灵魂升天；不信上帝的，便魂归地狱，永无超生的希望。第二是哲学家，像那孔、孟一流人物，专以正心、修身、齐家、治国、平天下，做一大道德家、大政治家，为人生最大的目的。又像那老、庄的意见，以为万事万物都应当顺应自然；人生知足，便可常乐，万万不可强求。又像那墨子主张牺牲自己，利益他人为人生义务。又像那杨朱主张尊重自己的意志，不必对他人讲甚么道德。又像那德国人尼采也是主张尊重个人的意志，发挥个人的天才，成为一个大艺术家、大事业家，叫作寻常人以上的"超人"，才算是人生目的；甚么仁义道德，都是骗人的说话。第三是科学家，科学家说人类也是自然界一种物质，没有甚么灵魂；生存的时候，一切苦乐善恶，都为物质界自然法则所支配；死后物质分散，另变一种作用，没有联续的记忆和知觉。

这些人所说的道理，各个不同。人生在世，究竟为的甚么，应该怎样呢？我想佛教家所说的话，未免太迂阔。个人的生灭，虽然是幻象，世界人生之全体，能说不是真实存在吗？人生"真如"性中，何以忽然有"无明"呢？既然有了"无明"，众生的"无明"，何以忽然都能灭尽呢？"无明"既然不灭，一切生灭现象，何以能免呢？一切生灭现象既不能免，吾人人生在世，便要想想究竟为的甚么，应该怎样才是。耶教所说，更是凭空捏造，不能证实的了。上帝能造人类，上帝是何物所造呢？上帝有无，既不能证实；那耶教的人生观，便完全不足相信了。孔、孟所说的正心、修身、齐家、治国、平天下，只算是人生一种行为和事业，不能包括人生全体的真义。吾人若是专门牺牲自己，利益他人，乃是为他人而生，不是为自己而生，绝非个人生存的根本理由，墨子的思想，也未免太偏了。杨朱和尼采的主张，虽然说破了人生的真相，但照此极端做去，这组织复杂的文明社会，又如何行得过去呢？人生一世，安命知足，事事听其自然，不去强求，自然是快活得很。但是这种快活的幸福，高等动物反不如下等动物，文明社会反不如野蛮社会；我们中国人受了老、庄的教训，所以退化到这等地步。科学家说人死没有灵魂，生时一切苦乐善恶，都为物质界自然法则所支配，这几句话倒难以驳他。但是我们个人虽是必死的，全民族是不容易死的，全人类更是不容易死的了。全民族全人类所创的文明事业，留在世界上，写在历史上，传到后代，这不是我们死后联续的记忆和知觉吗？

照这样看起来，我们现在时代的人所见人生真义，可以明白了。今略举如下：

（一）人生在世，个人是生灭无常的，社会是真实存在的。

（二）社会的文明幸福，是个人造成的，也是个人应该享受的。

（三）社会是个人集成的，除去个人，便没有社会；所以个人的意志和快乐，是应该尊重的。

（四）社会是个人的总寿命，社会解散，个人死后便没有联续的记忆和知觉；所以社会的组织和秩序，是应该尊重的。

（五）执行意志，满足欲望（自食色以至道德的名誉，都是欲望），是个人生存的根本理由，始终不变的（此处可以说"天不变，道亦不变"）。

（六）一切宗教、法律、道德、政治，不过是维持社会不得已的方法，非个人所以乐生的原意，可以随着时势变更的。

（七）人生幸福，是人生自身出力造成的，非是上帝所赐，也不是听其自然所能成就的。若是上帝所赐，何以厚于今人而薄于古人？若是听其自然所能成就，何以世界各民族的幸福不能够一样呢？

（八）个人之在社会，好像细胞之在人身，生灭无常，新陈代谢，本是理所当然，丝毫不足恐怖。

（九）要享幸福，莫怕痛苦。现在个人的痛苦，有时可以造成未来个人的幸福。譬如有主义的战争所流的血,往往洗去人类或民族的污点。极大的瘟疫,往往促成科学的发达。

总而言之,人生在世,究竟为的甚么?究竟应该怎样?我敢说道:"个人生存的时候,当努力造成幸福,享受幸福;并且留在社会上,后来的个人也能够享受。递相授受,以至无穷。"

一九一六,二,十五

略谈人生观

胡　适

每个人可以说都有一个"人生观",我是以先几十年的经验,提供几点意见,供大家思索参考。

很多人认为个人主义是洪水猛兽,是可怕的,但我所说的是个平平常常,健全而无害的。干干脆脆的一个个人主义的出发点,不是来自西洋,也不是完全中国的。中国思想上具有健全的个人主义思想,可以与西洋思想互相印证。王安石是个一生自己刻苦,而替国家谋安全之道,为人民谋福利的人,当为非个人主义者。但从他的诗文可以找出他个人主义的人生观,为己的人生观。

因为他曾将古代极端为我的杨朱与提倡兼爱的墨子相比。在文章中说：

> 为己是学者之本也，为人是学者之末也。学者之事必先为己为我，其为己有余，则天下事可以为人，不可不为人。

这就是说，一个人在最初的时候应该为自己，在为自己有余的时候，就该为别人，而且不可不为别人。

十九世纪的易卜生，他晚年曾给一位年轻的朋友写信说：

> 最期望于你的只有一句话，希望你能做到真正的、纯粹的为我主义，要你有时觉得天下事只有自己最重要，别人不足想，你要想有益于社会最好的办法，就是把你自己这块材料铸成器。

另外一部自由主义的名著《自由论》，有一章"个性"，也一再地讲人最可贵的是个人的个性，这些话，便是最健全的个人主义。一个人应该把自己培养成器，使自己有了足够的知识、能力与感情之后，才能再去为别人。

孔子的门人子路，有一天问孔子说："怎样才能做成一个君子？"孔子回答说："修己以敬"。这句话的意思，也就是要把自己慎重地培养、训练、教育好的意思。"敬"在古文解释为慎重。子路又说，这样够了吗？孔子回答说："修己以安人"。这句话的意思，就是先把自己培养、训练、教育好了，再为别人。子路又问，这样够了吗？孔子回答说："修己以安百姓，修己以安百姓，尧舜其犹病诸。"这句话的意思就是培养、训练、教育好了自己，再去为百姓，培养好了自己再去为百姓，就是圣人如尧舜，也很不易做到。孔子这一席话，也是以个人主义为起点的。自此可见，从十九世纪到现在，从现在回到孔子时代，差不多都是以修身为本。修身就是把自己训练、培养、教育好。因此个人主义并不是可怕的，尤其是年轻人确立一个人生观，更是需要慎重地把自己这块材料培养、训练、教育成器。

我认为最值得与年轻人谈的便是知识的快乐。一个人怎样能使生活快乐。人生是为追求幸福与快乐的，《美国独立宣言》中曾提及三种东西，即就是（1）生命，（2）自由，（3）追求幸福。但是人类追求的快乐范围很广，例如财富、婚姻、事业、工作等。但是一个人的快乐，是有粗有细的，我在幼年的时候不用说，但自从有知以来，就认为，人生的快乐，就是知识的快乐，做研究的快乐，找真理的快乐，求证据的快乐。从求知识的欲望与方法中深深体会到人生是有限，知识是无穷的，以有限的人生，去深求无穷的知识，实在是非常快乐的。

二千年前有一位政治家问孔子门人子路说，你的老师是怎样的人，子路不答。后来孔子知道了，说："你为什么不告诉他，你的老师'其为人也，发愤忘食，乐以忘忧，不知老之将至。'"从孔子这句话，可以体会到知识的乐趣。希腊科学家阿基米德在澡堂洗澡时，想出了如何分析皇冠的金子成分的方法，高兴得赤身从澡堂里跳了出来，沿街跑去，口中喊着："我找到了，我找到了。"这就是说明知识的快乐，一旦发现证据或真理的快乐。英国两位大诗人勃朗宁和丁尼生有两首诗，都是代表十九世纪冒险的、追求新的知识的精神。

最后谈谈社会的宗教说，一个人总是有一种制裁的力量的，相信上帝的人，上帝是他的制裁力量。我们古代讲孝，于是孝便成了宗教，成了制裁。现在在台湾宗教很发达，有人信最高的神，有人信很多的神，许多人为了找安慰都走了宗教的道路。我说的社会宗教，乃是一种说法，中国古代有此种观念,就是三不朽:立德,是讲人格与道德;立功,就是建立功业;立言,就是思想语言。在外国也有三个,就是Worth,Work,Words。这三个不朽,没有上帝,亦没有灵魂,但却不十分民主。究竟一个人要立德,立功,立言到何种程度,我认为范围必须扩大,因为人的行为无论为善为恶都是不朽的。我国的古语:"流芳百世,遗臭万年",便是这个意思……因此,我们的行为,一言一动,均应向社会负责,这便是社会的宗教,社会的不朽……我们千万不能叫我们的行为在社会上发生坏的影响,因为即使我们死了,我们留下的坏的影响仍是永久存在的。"我们要一出言不敢忘社会的影响,一举步不敢忘社会的影响"。即使我们在社会上留一白点,但我们也绝对不能留一点污点,社会即是我们的上帝,我们的制裁者。

新生活——为《新生活》杂志第一期做的

胡　适

哪样的生活可以叫作新生活呢？

我想来想去，只有一句话。新生活就是有意思的生活。

你听了，必定要问我，有意思的生活又是什么样子的生活呢？

我且先说一两件实在的事情做个样子，你就明白我的意思了。

前天你没有事做，闲得不耐烦了，你跑到街上一个小酒店里，打了四两白干，喝完了，又要四两，再添上四两。喝得大醉了，同张大哥吵了一回嘴，几乎打起架来。后来李四哥来把你拉开，你气愤愤地又要了四两白干，喝得人事不知，幸亏李四哥把你扶回去睡了。昨儿早上，你酒醒了，大嫂子把前天的事告诉你，你懊悔得很，自己埋怨自己："昨儿为什么要喝那么多酒呢？可不是糊涂吗？"

你赶上张大哥家去，作了许多揖，赔了许多不是，自己怪自己糊涂，请张大哥大量包涵。正说时，李四哥也来了，王三哥也来了。他们三缺一，要你陪他们打牌。你坐下来，打了十二圈牌，输了一百多吊钱。你回得家来，大嫂子怪你不该赌博，你又懊悔得很，自己怪自己道："是呵，我为什么要陪他们打牌呢？可不是糊涂吗？"

诸位，像这样子的生活，叫作糊涂生活，糊涂生活便是没有意思的生活。你做完了这种生活，回头一想，"我为什么要这样干呢？"你自己也回不出究竟为什么。

诸位，凡是自己说不出"为什么这样做"的事，都是没有意思的生活。

反过来说，凡是自己说得出"为什么这样做"的事，都可以说是有意思的生活。

生活的"为什么"，就是生活的意思。

人同畜生的分别，就在这个"为什么"上。你到万牲园里去看那白熊一天到晚摆来摆去不肯歇，那就是没有意思的生活。我们做了人，应该不要学那些畜生的生活。畜生的生活只是糊涂，只是胡混，只是不晓得自己为什么如此做。一个人做的事应该件件事回得出一个"为什么"。

我为什么要干这个？为什么不干那个？回答得出，方才可算是一个人的生活。

我们希望中国人都能做这种有意思的新生活。其实这种新生活并不十分难，只消时时刻刻问自己为什么这样做，为什么不那样做，就可以渐渐地做到我们所说的新生活了。

诸位，千万不要说"为什么"这三个字是很容易的小事。你打今天起，每做一件事，便问一个为什么，——为什么不把辫子剪了？为什么不把大姑娘的小脚放了？为什么大嫂子脸上搽那么多的脂粉？为什么出棺材要用那么多叫花子？为什么娶媳妇也要用那么多叫花子？为什么骂人要骂他的爹妈？为什么这个？为什么那个？——你试办一两天，你就会觉得这三个字的趣味真是无穷无尽，这三个字的功用也无穷无尽。

诸位，我们恭恭敬敬地请你们来试试这种新生活。

民国八年八月

死之默想

周作人

四世纪时希腊厌世诗人巴拉达思作有一首小诗道：

（Polla laleis, anthrope-Palladas）

"你太饶舌了，人呵，不久将睡在地下；
住口罢，你生存时且思索那死。"

这是很有意思的话。关于死的问题，我无事时也曾默想过（但不坐在树下，大抵是在车上），可是想不出什么来——这或者因为我是个"乐天的诗人"的缘故吧。但其实我何尝一定崇拜死，有如曹慕管君，不过我不很能够感到死之神秘，所以不觉得有思索十日十夜之必要，于形而上的方面也就不能有所饶舌了。

窃察世人怕死的原因，自有种种不同，"以愚观之"可以定为三项，其一是怕死时的苦痛，其二是舍不得人世的快乐，其三是顾虑家族。苦痛比死还可怕，这是实在的事情。十多年前有一个远房的伯母，十分困苦，在十二月底想投河寻死（我们乡间的河是经冬不冻的），但是投了下去，她随即走了上来，说是因为水太冷了。有些人要笑她痴也未可知，但这却是真实的人情。倘若有人能够切实保证，诚如某生物学家所说，被猛兽咬死痒苏苏地很是愉快，我想一定有许多人裹粮入山去投身饲饿虎的了。可惜这一层不能担保，有些对于别项已无留恋的人因此也就不得不稍为踌躇了。

顾虑家族，大约是怕死的原因中之较小者，因为这还有救治的方法。将来如有一日，社会制度稍加改良，除施行善种的节制以外，大家不问老幼可以各尽所能，各取所需，凡平常衣食住，医药教育，均由公给，此上更好的享受再由个人自己的努力去取得，那么这种顾虑就可以不要，便是夜梦也一定平安得多了。不过我所说的原是空想，实现还不知在几十百千年之后，而且到底未必实现也说不定，那么也终是远水不救近火，没有什么用处。比较确实的办法还是设法发财，也可以救济这个忧虑。为得安闲的死而求发财，倒是很高雅的俗事，只是发财大不容易，不是我们都能做的事，况且天下之富人有了钱便反死不去，则此亦颇有危险也。

人世的快乐自然是很可贪恋的，但这似乎只在青年男女才深切地感到，像我们将近"不惑"的人，尝过了凡人的苦乐，此外别无想做皇帝的野心，也就不觉得还有舍不得的快乐。我现在的快乐只想在闲时喝一杯清茶，看点新书（虽然近来因为政府替我们储蓄，手头只有买茶的钱），无论他是讲虫鸟的歌唱，或是记贤哲的思想，古今的刻绘，都足以使我感到人生的欣幸。然而朋友来谈天的时候，也就放下书卷，何况"无私神女"（Atropos）的命令呢？我们看路上许多乞丐，都已没有生人乐趣，却是苦苦地要活着，可见快乐未必是怕死的重大原因；或者舍不得人世的苦辛也足以叫人留恋这个尘世罢。讲到他们，实在已是了无牵挂，大可"来去自由"，实际却不能如此，倘若不是为了上边所说的原因，一定是因为怕河水比彻骨的北风更冷的缘故了。

对于"不死"的问题，又有什么意见呢？因为少年时当过五六年的水兵，头脑中多少受了唯物论的影响，总觉得造不起

"不死"这个观念来,虽然我很喜欢听荒唐的神话。即使照神话故事所讲,那种长生不老的生活我也一点儿都不喜欢。住在冷冰冰的金门玉阶的屋里,吃着五香牛肉一类的麟肝凤脯,天天游手好闲,不在松树下着棋,便同金童玉女厮混,也不见得有什么趣味,况且永远如此,更是单调而且困倦了。又听人说,仙家的时间是与凡人不同的,诗云"山中方七日,世上已千年",所以烂柯山下的六十年在棋边只是半个时辰耳,哪里会有日子太长之感呢?但是由我看来,仙人活了二百万岁也只抵得人间的四十春秋,这样浪费时间无裨实际的生活,殊不值得费尽了心机去求得他;倘若二百万年后劫波到来,就此溘然,将被五十岁的凡夫所笑。较好一点的还是那西方凤鸟(Phoinix)的办法,活上五百年,便尔蜕去,化为幼凤,这样的轮回倒很好玩的——可惜他们是只此一家,别人不能仿作。大约我们还只好在这被容许的时光中,就这平凡的境地中,寻得些许的安闲悦乐,即是无上幸福;至于"死后,如何?"的问题,乃是神秘派诗人的领域,我们平凡人对于成仙做鬼都不关心,于此自然就没有什么兴趣了。

二 逢山开路，遇水架桥

现代青年活动的方向

李大钊

新世纪的曙光现了！新世纪的晨钟响了！我们有热情的青年呵！快快起来！努力去做人的活动！努力去做人的活动！

青年呵！你们临开始活动以前，应该定定方向。譬如航海远行的人，必先定个目的地，中途的指针，总是指着这个方向走，才能有达到那目的地的一天。若是方向不定，随风飘转，恐怕永无达到的日子。万一能够达到，也是偶然的机会。靠着偶然机会所得的成功，究竟没有很大的价值。

我今就现代青年活动的方向，稍有陈说，望

我亲爱的青年垂听!

第一,现代的青年,应该在寂寞的方面活动,不要在热闹的方面活动。近来常听人说:"我们青年要耐得过这寂寞日子。"我想这"寂寞日子",并不是苦境,实在是一种乐境。我觉得世间一切光明,都从寂寞中发现出来。譬如天时,一年有一个冬季,是一年的寂寞日子。在此时间,万木枯黄,气象凋落,死寂,冷静,都是它的特色。可是那一年中最华美的春天,不是就从这个寂寞的冬天发现出来的么?一天有一个暗夜,也是一天的寂寞日子。在此时间,万种的尘嚣嘈杂,都有个一时片刻的安息。可是一日中最光耀的曙色,不是从这寂寞的暗夜发现出来的么?热闹中所含的,都是消沉,都是散灭;黑暗寂寞中所含的,都是发生,都是创造,都是光明。这样讲来,这寂寞日子,实在是有滋味、有趣意的日子,不是忍苦受罪的日子,我们实在乐得过,不是耐得过。况且耐得过的日子,必不长久。一个人若对于一种日子总觉得是耐得过,他的心中,必是认这寂寞日子是一种苦境,是一种烦恼,那就很容易把他抛弃,去寻快乐日子过。因为避苦求乐,是人性的自然,勉强矜持的心,是靠不住的。譬如孀妇不再嫁,若是本着她自由的意思,那便是她的乐境,那种寂寞日子,她必乐得过到底。若是全因为受传说偶像的拘束，风俗名教的迫胁，才不去嫁，那真是人间莫大的苦境，那种寂寞日子，她虽天天耐得过，天天总有耐不得跟着。乐得过的是一种趣味，耐得过的是一种矜持。青年呵！我们在寂寞的方面活动，不可带着丝毫勉强矜持的意思，必须知道那里有一种真趣味，一种真光明，甘心情愿乐得过这寂寞日子，才能有这寂寞日子中寻出真趣味，获得真光明的一日。

第二，现代的青年，应该在痛苦的方面活动，不要在欢乐的方面活动。本来苦乐两境，是比较的，不是绝对的。哪个苦？哪个乐？全靠各人的主观去判定它，本靡有一定标准的。我从前曾发过一种谬想，以为人生的趣味就在苦中求乐，受苦是人生本分，我们青年应该练忍苦的本领。后来觉得大错。避苦求乐，是人性的自然，背着自然去做，不是勉强，就是虚伪。这忍苦的人生观，是勉强的人生观，虚伪的人生观。那求乐的人生观，才是自然的人生观，真实的人生观。我们应该顺应自然，立在真实上，求得人生的光明，不可陷入勉强、虚伪的境界，把真正人生都归幻灭。但是，求乐虽是人性的自然，苦境总缘着这乐境发生，总来缠绕，这又当怎样摆脱呢？关于此点，我却有一个新见解，可是妥当与否，我自己还未敢自信。我觉得人生求乐的方法，最好莫过于尊重劳动。一切乐境，都可由劳动得来，一切苦境，都可由劳动解脱。劳动的人，自然没有苦境跟着他。这个道理，可以由精神的物质的两方面说。劳动为一切物质的富源，一切物品，都是劳动的结果。我们凭的几，坐的椅，写字用的纸笔墨砚，乃至吃的米、饮的水、穿的衣，靡有一样不是从劳动中得来。这是很容易晓得的。至于精神的方面，一切苦恼，也可以拿劳动去排除它、解脱它。这一点一般人却是多不注意。一个人一天到晚，无所事事，这个境界的本身，已竟是大苦；而在无事的时间，一切不正当的欲望，靡趣味的思索，都乘隙而生；疲敝陈惰的血分，周满于身心，一切悲苦烦恼，相因而至，于是要想个消遣的法子。这消遣的法子，除去劳动，便靡有正当的法则。吃喝嫖赌，真是苦中苦的魔窟，把宝贵的人生，都消磨在这个中间，岂不可惜！岂不可痛！堕落在这里的人，都是不知道尊重劳动，不知道劳动中有无限的快乐，所以才误入迷途了。青年呵！你们要晓得劳动的人，实在不知道苦是什么东西。譬如身子疲乏，若去劳动一时半刻，顿得非常地爽快。隆冬的时候，若是坐着洋车出门，把浑身冻得战栗，若是步行走个十里五里，顿觉周身温暖。免苦的好法子，就是劳动。这叫作尊劳主义。这样讲来，社会上的人，若都本着这尊劳主义去达他们人生的目的，世间不就靡有什么苦痛了吗？你为何又说要我们青年在苦痛方面活动呢？此问甚是。但是现在的社会，持尊劳主义的人很少，而且社会的组织不良。少数劳动的人，所得的结果，都被大多数不劳动的人掠夺一空。劳动的人，仍不免有苦痛，仍不免有悲惨，而且最苦痛最悲惨的人，恐怕就是这些劳动的人。所以我们要打起精神来，寻着那苦痛悲惨的声音走。我们要晓得痛苦的人是些什么人？痛苦的事是些什么事？痛苦的原因在什么地方？要想解脱他们的苦痛，应该用什么方法？我们不能从苦痛里救出他们，还有谁能救出他们，肯救出他们？常听假慈悲的人说，这个苦痛悲惨的地方，我们真是不忍去、不忍看。但是我们青年朋友们，却是不忍不去、不忍不看、不忍不援手，把他们提醒，大家一起消灭这苦痛的原因呵！

第三，现代的青年，也应在黑暗的方面活动，不要专在光明的方面活动。人生的努力，总向光明的方面走，这是人类向上的自然动机，但是世间果然到了光明的机运，无一处不是光明？我们在这光明中享尽人生之乐，岂不是一大幸事？无如世间的黑暗，仍旧遍在，许多的同胞，都陷溺到黑暗中间，我们焉能独自享受光明呢？同胞都在黑暗里面，我们不去援救他们，却自找一点不沾泥土的地方，偷去安乐，偷去清洁，那种光明，究竟能算得光明么？那种幸福，究竟能算得幸福么？旧时代的青年讲修养的，犹且有"先忧后乐"的话，新时代的青年，单单做到"独善其身""洁身自好"的地步，能算尽了责任的人么？俄国某诗人训告他们青年说："毁了你的巢居，离开你的父母，你要独立自营，保证你心的清白与自然，哪里有悲惨愁苦的声音，你到哪里去活动。"这话真是现代青年的宝训，真是现代青年的警钟。我们睁开眼看！那些残杀同胞的兵士们，果真都是他们自己愿做这样残暴的事情么？杀人果真是他们的幸福么？他们就没有一段苦情不平，为一般人所不知道的么？他们的背后，果真没有什么东西逼他们去做杀人野兽么？那么倚门卖笑的娼妓们，果真都是她们自己愿做这样丑贱的事情么？卖笑果真是她们的幸福么？她们就没有一段苦情不平，为一般人所不知道的么？她们的背后，果真没有什么东西迫她们去做辱身的贱业么？那些监狱里的囚犯们，果真都是他们自己愿做罪恶的事么？他们做的犯法的事，果真是罪恶么？他们所受的刑罚，果真适当他们的罪恶么？他们就没有一段苦情不平，为一般人所不知道的么？他们的背后，果真没有什么东西逼他们陷于罪恶或是受了冤枉么？再看巷里街头老幼男女的乞丐们，冻馁地战抖在一堆，一种求爷叫奶的声音，最是可怜，一种秽垢惰丧的神气，最是伤心，他们果真愿做这可耻的态度丝毫不觉羞耻么？他们堕落到这个样子，果真都因为他们是天生的废材么？他们就没有一段苦情不平，为一般人所不知道的么？他们的背后，果真没有什么东西逼他们不得不如此么？由此类推，社会上一切陷于罪恶、堕落、秽污、黑暗的人，都不必全是他们本身的罪过。谁都是爹娘生的，谁都有不灭的人性，我们不可把他们看作洪水猛兽，远远地躲避他们。固然在黑暗的里面，潜藏着许多恶魔毒菌，但是防疫的医生，虽有被传染的危险，也是不能不在恶疫中奋斗。青年呵！只要把你的心放在坦白清明的境界，尽管拿你的光明去照澈大千的黑暗，就是有时困于魔境，或竟做了牺牲，也必有良好的效果，发生出来。只要你的光明永不灭绝，世间的黑暗，终有灭绝的一天。

努力呵！猛进呵！我们亲爱的青年！

尽我所有

邹韬奋

我们常看见有许多学英文的人,遇了用得着的时候,总怕开口,所以学校里有的请了外国人教英文,遇着师生聚会或宴会的时候,常有一堆学生躲来躲去,很不愿意和他同席,更不愿意和他多谈。这是什么缘故?也许是因为他觉得自己说得不好,怕出丑。其实你是外国人,西文是你的母音,我是中国人,本来不是说英语的,我懂得多少就说多少,能说得多好就说多好,如果说得差些,我总算"尽我所有"说了出来,有的不行的地方,有机会再学就是了,一些没有什么难为情！若本来自己不行，却扭扭捏捏、遮遮掩掩，试分析自己此时的心理，岂不是要表示我原是不错，不过不高兴说就是了！自己没有而要装作有，这便是不知不觉中趋于"伪"的一条路上去！天下作伪是最苦恼的事情，老老实实是最愉快的事情，"尽我所有"便是老老实实的态度，有了这种态度，岂但说什么英语心里无所谓，做什么都有无畏的精神，说英语不过是一种较为浅显的例罢了。

在校里做学生的时候，在课室里倒了霉被教师喊着名字，叫起来考问几句，胆小一些的仁兄，往往也吓得声音发抖，懂得两句的，只吞吞吐吐地答出了一句！这里面当然也有"撒烂污"的朋友，但是也有很冤枉的。既经懂了何以还有这样的冤枉？也是缺乏"尽我所有"的态度。有了这种态度，只要在自修的时候，"尽我所有"的能力用功，答的时候"尽我所有"的知识回答，既经"尽我所有"，于心无愧，如再不免"吃汤团"，所谓"呒啥话头"，用文绉绉的话便是所谓"夫复何言"，我害怕要吃，不害怕也要吃，怕他作甚！这样一来，心境上成了所谓"君子坦荡荡"，不至于做"小人长戚戚"了。

做学生对付功课需要这种"尽我所有"的态度，就是我们要求自身的发展，也何尝不需要这种态度。有人告诉我们说，我要升学没有钱，做不到，学生意心里又不愿，怎样好？他不知道我们要求发展只有以目前"所有"的境地做出发点，不能一步升天的！没有钱升学诚然是不幸，但是天上既不能立刻掉下钱来，学生意的人也不见得个个都无出息，也是事在人为，我们便须利用"尽我所有"的凭借而往前做去，否则就是立刻急死也是无用的！而且我们深信果能抱着"尽我所有"的坚毅奋发的态度往前干，不怕困难地拼命地干，总有达到目的的日子！只怕我们不干！只怕我们不能"尽我所有"！

岂但无力升学的苦青年，社会无论什么人都有他们说不出的痛苦，说不出的不满意，最需要的也是这种"尽我所有"的态度，尽量利用我们所有的能力，所有的凭借，无论或大或小，总是，"尽我所有"地往前干，干到不能干无可干时再说！有了这种态度，只望着前途，只望着未来，不知道什么是困难，不知道什么是危险，不知道什么是烦闷，不知道什么是失望，但知道"尽我所有"地往前干，干到不能干无可干再说！俗语所谓"做到哪里算哪里"，一个人本来不能包办一切，本来只能"尽我所有"，此外多愁多虑多烦多恼，都是庸人自扰的事情！

这种"尽我所有"的态度，岂但从个人事业的立场言是非常需要的，就是我们想到社会的改进方面，也要有这种态度。即就全国不识字的人民一端而言，约占全数百分之八十，而现在的德国和日本，全国不识字的人仅达百分之十，国民的知识程度相差如此之远，想到以全民为基础的民国前途，很容易使人气馁。但是我们决不能因"气馁"而能为国家增加丝毫的进步，也只有抱定"尽我所有"的态度，一人的力量能做多少即做多少，一团体的力量能做多少即做多少，一种刊物的力量能做多少即做多少，"尽我所有"地往前干！干一分是一分！干两分是两分！前途怎样辽远，我们不管！要"尽我所有"地向前猛进！

原载一九二九年一月二十日《生活》周刊第四卷第十期

干

邹韬奋

南方人说"做",北方人说"干"。我近来研究所得,觉得最好的莫如干,最不好的莫如不干。这个地方所指的事情,当然是指宗旨纯正的事情,不然做强盗也何尝用不着干。

天下事业的成功是没有底的,人生的寿数是有限的。无论哪一种学业或哪一种专学,决不是可由任何个人所能做到"后无来者"的。但是在某一专业或某一专学,我实际果然干了,能成功多少,便在这种专业或专学进步的成绩上面占一小段。继我努力的同志,便可继续这一小段后面再加上去。这逐渐加上去的小段，它的距离或长或短，换句话说，那一段所表示的成功或大或小，当然要看干的人的才智能力。但紧紧的是要干，倘若常常畏首畏尾而不干，便决无造成那一段的希望。

要养成"干"的精神，先要十分信仰天下事果然干了，无论大小，迟早必有相当的反应或结果，决不会白费功夫的。

有了这个信仰，还要牢记两点：

（一）不怕繁难。愈繁难愈要干，只有干能解决繁难，不干决不能丝毫动摇繁难。

（二）不怕失败，能坚持到底干去，必能成功，就是成功前所经过的失败，也是给我们教训以促进最后成功的速率。就是我个人一生失败，这种教训也能促进继我者最后成功的速率。所以还是要奋勇地干去。若不干，固然遇不着失败，也绝对遇不着成功。

原载一九二八年一月八日《生活》周刊第三卷第十期

打破浪漫病

胡 适

刚才主席说"材料不很重要,重要的在方法",这话是很对的。有方法与无方法,自然不同。比如说,电灯坏了若有方法就可以把它修理好。材料一样的,然而方法异样的,所得结果便完全不同了。我今天要说的,就是材料很重要,方法不甚重要。用同等的方法,用在两种异样的材料上,所得结果便完全不同了。所以说材料是很要紧的。中国自西历一六〇〇至一九〇〇年当中,可谓是中国"科学时期",亦可说是科学的治学时代。如清朝的戴东原先生在音韵学、校勘学上，都有严整的方法。西洋人不能不承认这三百年是中国"科学时代"。我们自然科学虽没有怎样高明，但方法很好，这是我们可以自己得意的。闽人陈第曾著《毛诗古音考》《唐宋古音考》等书。他的方法很精密的，是顾炎武的老祖宗。顾亭林、阎百诗等学者都开中国学术新纪元，他们是用科学方法探究学问的，顾氏是以科学方法研究音韵学，他的方法是用本证与旁证。比如研究《诗经》，从《诗经》本身来举证，是谓本证；若是从《诗经》的外面举证便谓旁证了。阎氏的科学方法是研究古文的真伪，文章的来源。

一六〇九年的哥白尼听说在波兰国的北部一个眼镜店做小伙计，一天偶然叠上几片玻璃而发现在远方的东西，哥白尼以为望远镜是可以做到的。他利用这仪器，他对于天文学上就有很大的发现。像哈代维（Hudvey）、牛顿（Newton），还有显微镜发明者像黎汶豪（Leeuwenhoek），他们都有很大的发明。当哥白尼及诸大学者存在的时候，正是中国的顾炎武、阎百诗出世的时期。在这五六十年当中，东西文化、东西学说的歧异就在这里。他们所谓方法就是"假说"与"求证"，牛顿就是大胆去假定，然后一步一步去证明。这是和我们不同的地方。我们的方法是科学的，然而材料是书本文字。我们的校勘学是校勘古书古字的正确的方法,如翻考《尔雅》、诸子百家;考据学是考据古文的真伪。这一大堆东西可以代表清朝三百年的成绩。黎汶豪是以凿钻等做研究的工具;牛顿是以木、石、自然资料来研究天文学,像现在已经把太阳系都弄清楚了。前几天报上宣传英国天文台要与火星通讯,像这样的造就实在可怕的。十八、十九世纪时候,西方学者才开始研究校勘学,瑞典的加礼文他专攻校勘学,曾经编成《中国文字分析字典》。像他这个洋鬼子不过研究四五年,而竟达到中国有三百年历史的校勘学成绩。加礼文说道:"你们只在文字方面做功夫,不肯到汉口、广东、高丽、日本等地方实际考查文字的土音以为证明;要找出各种的读法应当要到北京、宁波等地去。"这可证明探求学问方法完全是经验的,要实地调查的。顾亭林费许多时间而所得到的很少,而结果走错了路。

刚才杨教务长问我怎样医治"浪漫病"?我回答他说:浪漫的病症在哪里?我以为浪漫病或者就是"懒病"。你们都是青年的,都还不到壮年时期,而我们已是"老狗教不成新把戏"了。现在我们无论走哪条路,都是要研究微积分、生物学、天文学、物理学。我们要多做些实验功夫,要跟着西洋人走进实验室去。至于考据方面就要让我们老朽昏庸的人去做。黎汶豪的显微镜实在比妖怪还厉害，这是用无穷时间与时时刻刻找真理所得的结果。十九世纪时候，法国化学师柏士多（Pasteur）在显微镜下面发现很可怕的微生物。他并且感受疯狗的厉害，便研究疯狗起来。后来从狗嘴的涎沫里及脑髓中去探究，方知道是细菌在作祟，神经系中有毒。他把狗骨髓取出风干经过十三四天之久，就把它制成注射药水，可以治好给疯狗咬着的人。但是当时没有胆量就注射在人身上，只先在别的动物身上试验看看。在那时候很凑巧一位老太婆的儿子给狗咬伤，去请医生以活马当作死马医治，果然给他治好了。还有一位俄人给狼咬着，他就发明打针方法。法国酒的病，蚕的病亦给显微镜找出来了；欧洲羊的病，德国库舒（Koch）应用药水力量把羊医好。像蚕病、醋病与酒病治好后，实在每年给法国省下来几千万的法郎。普法战争后法国赔款有五十万万之巨额。然而英国哈维（Harvey）尝说：柏士多以一支玻璃管和一具显微镜，已把法国赔款都付清了。懒的人实在没有懂得学问的兴趣。学问本来是干燥东西，而正确方法是建筑在正确材料上的，像西方的牛顿那样的正确。我们中国要研究有结果，最要紧的是要到自然界去，找自然材料。做文学的更要到民间去，到家庭里去找活材料。我是喜欢谈谈：大家都是年富力强，应该要打破和消灭懒病。还要连带说一说"六〇六"药水,是德国医生Erlich发明的,用以杀杨梅疮的微菌,这位先生他用化学方法,经过八年六百零六次的试验研究而成功的。我们研究学问,要有材料和方法,要不懒,要坚韧不拔的努力;那么,"浪漫病"就可以打破了。

一个行乞的诗人（节选）

徐志摩

（一）

萧伯讷先生在一九〇五年收到从邮局寄来的一本诗集，封面上印着作者的名字、他的住址和两先令六的价格。附来作者的一纸短简，说他如愿留那本书，请寄两先令六，否则请他退回原书。在那些日子，萧先生那里常有书坊和未成名的作者寄给他请求批评的书本，所以他接到这类东西是不以为奇的。这一次他却发现了一些新鲜，第一那本书分明是作者自己印行的，第二他那住址是伦敦西南隅一所硕果仅存的"佃屋",第三附来的短简的笔致是异常的秀逸而且他那办法也是别致。但更使萧先生奇怪的是,他一着眼就在这集子小诗里发现了一个纯真的诗人,他那思想的清新正如他音调的轻灵。萧先生决意帮助这位无名的英雄。他做的第一件好事是又向他多买了八本,这在经济上使那位诗人立时感到稀有的舒畅,第二是他又替他介绍给当时的几个批评家。果然在短时期内各种日报和期刊上都注意到了这位流浪的诗人,他的一生的概况也披露了,他的肖影也登出了——他的地位顿时由破旧的佃屋转移到英国文坛的中心!他的名字是惠廉苔微士,他的伙伴叫他惠儿苔微士。

(二)

苔微士沿门托卖的那本诗集确是他自己出钱印的。他的钱也不是容易来的。十九镑钱印得二百五十册书。这笔印书费是做押款借来的。苔微士先生不是没有产业的人,他的进款是每星期十个先令(合华银五元),他自从成了残废以来就靠此生活。他的计划是在十先令的收入内规定六先令的生活费,另提两先令存储备作书费,余多的两先令是专为周济他的穷朋友的。他的住宿费是每星期三先令六（在更俭的时候是二先令四，在最俭的时候是不花钱，因为他在夏季暖和时就老实借光上帝的地面，在凉爽的树林里或是宽大的屋檐下寄托他的诗身），但要从每星期两先令积成二三十镑的巨款当然不是易事，所以苔微士先生在最后一次的发狠中决意牺牲他整半年的进款，积成一个整数，自己跷了一条木腿，带了一本约书，不怎样乐观却也不绝望地投向荡荡的"王道"去。这是他一生最后一次，也是最辛苦的一次流浪，他自己说：

再下去是一回奇怪的经验，无可名状的一种经验；因为我居然还能过活，虽则我既没有勇气讨饭，又不甘心做小贩。有时我急得真想做贼，但是我没有得到可偷的机会，我依然平安地走着我的路。在我最感疲乏和饥饿的时候——我的实在的状况益发的黑暗，对于将来的想望益发的光鲜，正如明星的照亮衬出黑夜的深荫。

我是单身赶路的，虽则别的流氓们好意地约我做他们的旅伴，我愿意孤单，因为我不许生人的声音来扰我的清梦。有好多人以为我是疯子，因为他们问起我当天所经过的市镇与乡村我都不能回答,他们问我那村子里的"穷人院"是怎样的情形,我却一点儿也不知道,因为我没有进去过。他们要知道最好的寓处,这我又是茫然的,因为我是寄宿在露天的。他们问我这天我是从哪一边来的,这我一时也答不上。他们再问我到哪里去,这我又是不知道的。这次经验最奇怪的一点是我虽则从不看人家一眼,或是开一声口问他们乞讨,我还是一样受到他们的帮助。每回我要一口冷水,给我的却不是茶就是奶,吃的东西也总是跟着到手。我不由得把这一部生活认作短期的牺牲,消磨去一些无价值的时间为要换得后来千万个更舒服的;我祝颂每一个清朝,它开始一个新的日子,我也拜祷每一个安息日,晚上,因为它结束了又一个星期。

这不禁使我们想起旧时朝山的僧人,他们那皈依的虔心使他们完全遗忘体肤的舒适?苔微士先生发现流浪生活最难堪的时候是在无荫蔽的旷野里遇雨,上帝保佑他们,因为流浪人的行装是没有替换的。有一天他在台风的乡间捡了一些麦柴,起造了一所精致的、风侵不进、露淋不着的临时公馆,自信可以暖暖地过一夜，却不料：

> 天下雨。在半小时内大块的雨打漏了屋顶。不到一小时这些雨点已经变成了洪流。又只能耐心躺着，在这大黑夜如何能寻到更安全的荫蔽。这雨直下了十个钟头，我简直连皮张都浸透了，比没有身在水里干不了多少——不是平常我们叫几阵急雨给淋潮了的时候说的"浸透了皮"。我一点儿也不沮丧，把这事情只看作我应当经受的苦难的一件，到了第二天早上我在露天选了一个行人走不到的地点躺了下来，一边安息，一边让又热又强的阳光收干我的潮湿。有两三次我这样的遭难，但在事后我完全不觉得什么难受。

头三个月是这样过的，白天在路上跑，晚上在露天寄宿，但不幸暖和的夏季是有尽期的，从十月到年底这三个月是不能没有荫蔽的。一席地也得要钱，即使是几枚铜子，苔微士先生再不能这样清高地流浪他的时日。但高傲他还是有的，本来一个残废的人，求人家的帮助是无须开口的，他只要在通衢上坐着，伸着一只手，钱就会来。再不然你就站在巡警先生不常到的街上唱几节圣诗，滚圆的铜子就会从住家的窗口蝴蝶似的向着你扑来。但我们的诗人不能这样折辱他的身份，他宁可忍冻，宁可挨饿，不能拉下了脸子来当职业的叫花。虽则在他最窘的日子，他也只能手拿着几副鞋带上街去碰他的机会，但他没有一个时候肯容自己应用乞丐们无心的惯技。这样的日子他挨过了两个月，大都在伦敦的近郊，最后为要整理他的诗稿他又回到他的故居，亏了旧时一个难友借给他一镑钱，至少寄宿的费用有了着落。他的诗集是三月初印得的，但第一批三十本请求介绍的送本只带回了两处小报上冷淡的按语。日子飞快地过去。同时他借来的一点钱又快完了，这一失望他几乎把辛苦印来的本子一起给毁了！最后他发明了寄书求售的法子，拼着十本里卖出一两本就可以免得几天的冻饿，这才蒙着了萧先生的同情，在简短的时日内结束了他的流浪的生涯。

"今"

李大钊

我以为世间最可宝贵的就是"今",最易丧失的也是"今"。因为它最容易丧失,所以更觉得它可以宝贵。

为甚么"今"最可宝贵呢?最好借哲人耶曼孙所说的话答这个疑问:"尔若爱千古,尔当爱现在。昨日不能唤回来,明天还不确实,尔能确有把握的就是今日。今日一天,当明日两天。"

为甚么"今"最易丧失呢?因为宇宙大化,刻刻流转,绝不停留。时间这个东西,也不因为吾人贵它爱它稍稍在人间留恋。试问吾人说"今"

说"现在",茫茫百千万劫,究竟哪一刹那是吾人的"今",是吾人的"现在"呢?刚刚说它是"今"是"现在",它早已风驰电掣的一般,已成"过去"了。吾人若要糊糊涂涂把它丢掉,岂不可惜!

有的哲学家说,时间但有"过去"与"未来",并无"现在"。有的又说,"过去""未来"皆是"现在"。我以为"过去未来皆是现在"的话倒有些道理。因为"现在"就是所有"过去"流入的世界,换句话说,所有"过去"都埋没于"现在"的里边。故一时代的思潮,不是单纯在这个时代所能凭空成立的。不晓得有几多"过去"时代的思潮,差不多可以说是由所有"过去"时代的思潮,一凑合而成的。吾人投一石子于时代潮流里面,所激起的波澜声响,都向永远流动传播,不能消灭。屈原的"离骚",永远使人人感泣。打击林肯头颅的枪声,呼应于永远的时间与空间。一时代的变动,绝不消失,仍遗留于次一时代,这样传演,至于无穷,在世界中有一贯相连的永远性。昨日的事件与今日的事件,合构成数个复杂事件。此数个复杂事件与明日的数个复杂事件,更合构成数个复杂事件。势力结合势力,问题牵起问题。无限的"过去"都以"现在"为归宿,无限的"未来"都以"现在"为渊源。"过去""未来"的中间全仗有"现在"以成其连续，以成其永远，以成其无始无终的大实在。一掣现在的铃，无限的过去未来皆遥相呼应。这就是过去未来皆是现在的道理。这就是"今"最可宝贵的道理。

现时有两种不知爱"今"的人：一种是厌"今"的人，一种是乐"今"的人。

厌"今"的人也有两派：一派是对于"现在"一切现象都不满足，因起一种回顾"过去"的感想。他们觉得"今"的总是不好，古的都是好。政治、法律、道德、风俗全是"今"不如古。此派人唯一的希望在复古。他们的心力全施于复古的运动。一派是对于"现在"一切现象都不满足，与复古的厌"今"派全同。但是他们不想"过去"，但盼"将来"。盼"将来"的结果，往往流于梦想，把许多"现在"可以努力的事业都放弃不做，单是耽溺于虚无缥缈的空玄境界。这两派人都是不能助益进化，并且很是阻滞进化的。

乐"今"的人大概是些无志趣无意识的人，是些对于"现在"一切满足的人，觉得所处境遇可以安乐优游，不必再商进取，再为创造。这种人丧失"今"的好处，阻滞进化的潮流，同厌"今"派毫无区别。

原来厌"今"为人类的通性。大凡一境尚未实现以前，觉得此境有无限的佳趣，有无疆的福利。一旦身陷其境，却觉不过尔尔，随即起一种失望的念、厌"今"的心。又如吾人方处一境，觉得无甚可乐，而一旦其境变易，却又觉得其境可恋，其情可思。前者为企望"将来"的动机，后者为反顾"过去"的动机。但是回想"过去"，毫无效用，且空耗努力的时间。若以企望"将来"的动机，而尽"现在"的努力，则厌"今"思想却大足为进化的原动。乐"今"是一种惰性（Inertia），须再进一步，了解"今"所以可爱的道理，全在凭它可以为创造"将来"的努力，决不在得它可以安乐无为。

热心复古的人，开口闭口都是说"现在"的境象若何黑暗，若何卑污，罪恶若何深重，祸患若何剧烈。要晓得"现在"的境象倘若真是这样黑暗，这样卑污，罪恶这样深重，祸患这样剧烈，也都是"过去"所遗留的宿孽，断断不是"现在"造的。全归咎于"现在"是断断不能受的。要想改变它，但当努力以创造将来，不当努力以回复"过去"。

照这个道理讲起来，大实在的瀑流永远由无始的实在向无终的实在奔流。吾人的"我"，吾人的生命，也永远合所有生活上的潮流，随着大实在的奔流，以为扩大，以为继续，以为进转，以为发展。故实在即动力，生命即流转。

忆独秀先生曾于《一九一六年》文中说过，青年欲达民族更新的希望，"必自杀其一九一五年之青年，而自重其一九一六年之青年"。我尝推广其意，也说过人生唯一的蕲向，青年唯一的责任，在"从现在青春之我，扑杀过去青春之我，促今日青春之我，禅让明日青春之我"。"不仅以今日青春之我，追杀今日白首之我，并宜以今日青春之我，豫杀来日白首之我。"实则历史的现象，时时流转，时时变易，同时还遗留永远不灭的现象和生命于宇宙之间，如何能杀得？所谓杀者，不过使今日的"我"不仍旧沉滞于昨天的"我"。而在今日之"我"中，固明明有昨天的"我"存在。不止有昨天的"我"，昨天以前的"我"，乃至十年二十年百千万亿年的"我"，都俨然存在于"今我"的身上。然则"今"之"我"，"我"之"今"，岂可不珍重自将，为世间造些功德？稍一失脚，必致遗留层层罪恶种子于"未来"无量的人，即未来无量的"我"，永不能消除，永不能忏悔。

我请以最简明的一句话写出这篇的意思来：

吾人在世，不可厌"今"而徒回思"过去"，梦想"将来"，以耗误"现在"的努力；又不可以"今"境自足，毫不拿出"现在"的努力，谋"将来"的发展。宜善用"今"，以努力为"将来"之创造。由"今"所造的功德罪孽，永久不灭。古人生本务，在随实在之进行，为后人造大功德，供永远的"我"享受，扩张，传袭，至无穷极，以达"宇宙即我，我即宇宙"之究竟。

光 阴

陆 蠡

我曾经想过,如若人们开始爱惜光阴,那么他的生命的积储是有一部分耗蚀的了。青年人往往不知珍惜光阴,犹如拥资巨万的富家子,他可以任意挥霍他的钱财,等到黄金垂尽便吝啬起来,而懊悔从前的浪费了。

我平素不大喜爱表和钟这一类东西。它金属的利齿窸窸瑟瑟地将光阴啮食,而金属的手表嘀嘀嗒嗒地将时间一分一秒地数给我。当我还有丰余的生命留在后面,在时光的账页上我还有可观的储存,我会像一个守财奴,斤斤计较寸金和寸阴的市价么？偶然我抬头望到壁上的日历，那种红字和黑字相间的纸页把光阴划分成今天和明天。谁说动物中人是最聪明的？他们把连续的时间分成均匀的章节，费许多精神去较量它们的短长。最初他们用粗拙的工具刻画在树皮上代表昼夜，现在的人们则将日子印在没有重量的纸条上，每逢揭下一张来，便不禁想："啊！又过了一天！"

怎样我会起了这些古怪的念头呢？是最近的一个秋日的傍晚，我在近郊散步，我迎着苍黄的落日走过去，复背着它的光辉走回来，足踩着自己的影子。"我是牵着我的思想在散步，"我对自己说。"我是蹑踪着我的影子，看我赶不赶得过它？"我一面走一面自语。"我在看我自己影子的生长，看它愈长愈快，愈快愈长。"我独语。总之，我是在散步罢了。我携着我的思想一同散步。它是羞怯得畏见阳光，老躲在我的影子里。使得我和它谈话，不得不偏过头去，伛偻着身子，正如一个高大的男子低头和身边的女子说话，是那么轻声地，絮絮地。

我们走着走着，不知从哪里来的一枚树叶，飘坠在我们的脚前。那样轻，怕跌碎的样子。要不是四周是那么静寂，我准不会注意。但我注意到了，我捡了起来，我试想分辨它是什么树叶？梧桐的，枫槭的，还是樗栎的？但我恍若看到这不是一张树叶，分明是一张日历，一张被不可见的手扯下来的日历。这上面写着的是一个无形的字："秋。"

"秋！"我微喟一声。

"秋，秋。"我的思想躲在我的影子里和答我。

我感到有点迟暮了。好像这个字代表一段逝去的光阴。

"逝去的光阴"，我的思想如刁钻的精灵，摸着了我的心思。

"光……阴"，这两个平声的没有低昂的字眼，在我的耳边震响。

光阴要逝去么？却借落叶通知我。我岂不曾拥有过大量的光阴，这青年人唯一的财产，一如富贾之子拥有巨资。我曾是光阴富有者。同时我也想起了两个惜阴的人。

正是这样秋暖的日子，在很早很早以前。家门前的禾场上排列着一行行的谷簟，在阳光下曝晒着田里新收割来的谷粒。芙蓉花盛开着。我坐在它的荫下，坐在一只竹箩里面，——我的身子还装不满一竹箩——我玩着谷堆里捉来的蚱蜢螳螂和甲虫，我玩着玩着，无意识地玩去我的光阴。祖父是爱惜光阴的。他匆匆出去，匆匆回来，复匆匆出去，不肯有一刻休息。但是他珍惜也没有用，他仅有不多的光阴。等到他在一个悄然的夜晚，撇下我们而去时，我还不懂他为什么要离开我们，原来他把光阴用尽了。

还是在不多年以前，父亲写信给我说："你现在长大了，应该知道光阴的可贵。听说你在学校里专爱玩，功课也不用功……"父亲也珍惜起光阴来了。大概他开始忧光阴之穷匮，遂于无意中把忧心吐露给我。在当时我是不能领会的。我仍是嫌光阴过得太慢。"今天是星期一呢！"便要发愁，"什么时候是圣诞节呢？"虽则我并不喜欢这异邦的节日。"怎么还不放假呢？"我在打算怎样过那些佳美的日子。光阴是推移得太慢了，像跛脚的鸭子。于是我用欢笑去噪逐它，把它赶得快些。正如执箠的孩子驱着鸭群，呼哨起快活的声音促紧不善于行的水禽的脚步，我曾用欢笑驱赶我的光阴。

"你曾用欢笑驱赶你的光阴。"我的思想像"回声"的化身，复述我的话。

但是很久不那么做了。竟有一次我坐在房里整半天不出去。我伏在案前，目视着阳光从桌面的一端移到另一端。我用一根尺，一只表，来计算阳光的足在我的桌面移动的速度，我观察了计算了好久。蓦然有一种感触浮起在我的脑际，我为什么干这玩意儿呢？我看见了多少次阳光从我的桌面爬过，我有多少次看见阳光从我的窗口探入，复悄悄地退出。我惯用双手交握成各种样式，遮断它的光线，把影子投在粉壁上，做出种种动物的形状，如一头羊，一只螃蟹，一只兔；或者喝一口水，朝阳光喷去，令微细的水滴把光线散成彩虹的颜色。何时使我的心变成沉重，像吝啬的老人计数他的金钱，我也在计算光阴的速度呢？我曾讥笑惜阴人之不智，终也让别人来讥笑自身么？

"你也在计算光阴的速度了。"我的思想像喜灾乐祸似的，揶揄我。

真的，我在计算光阴的速度了。我想到光阴速度的相对性，得到这样的结论：感觉上的光阴的速度是年龄的函数。我试在一张白纸上列出如下的方程式："光阴的速度等于年龄的正切的微分。"当年龄从零岁开始，进入无知的童年，感觉上的光阴速度是极微渺的。等到年龄的角度随岁月转过了半个象限（我暂将不满百的人生比作一个象限，半个象限是四十五岁了），正切线的变化便非常迅速。光阴流逝的感觉便有似白驹，似飞矢，瞬息千里了。我想了又想，渐渐陷入了一个不能自拔的思索的阱里。想到我自己在人生的象限上转过了几度呢？犹如作茧自缚，我自己衍出方程式而复把自己嵌在这式子里面，我悲哀了。

"你自己衍出方程式而复把自己嵌在里面。"思想嘤然回答，已无尖酸的口吻。

但是我无法改正这方程式，这差不多是正确的。在我的智识范围内不能发现它的错误。啊，悲哀的来源，我想把这公式从我的脑筋中擦去，已是不可能。正如我刚才捡起来的树叶，无法把它装回原来的枝上。我重新谛视这片叶，上面仍依稀显现着无形的字："秋"。

另一天，从另一枝柯上，会有不可见的手扯下另一片树叶——是一张日历——那上面写的应该是另一个字，"冬"！

"冬"，我的思想似乎失去了回答的气力。

"秋……冬"，又是两个没有低昂的平声的字眼，像一滴凉水滴进我的心胸，使我有点寒意。我不能再散步了，我携着我的思想走回家，正如那西洋妇人携着她的狗，施施归去。此后我就想起：如若人们开始爱惜光阴，那么他的生命的积储是有一部分耗蚀的了。

唯一的听众

郑振铎

用父亲和妹妹的话来说，我在音乐方面简直是一个白痴。这是他们在经受了数次"折磨"之后下的结论。在他们听起来，我拉小夜曲就像在锯床腿。这些话使我感到十分沮丧。我不敢在家里练琴了。我发现了一个练琴的好地方，就在楼区后面的小山上，那儿有一片林子，地上铺满了落叶。

沙沙的足音，听起来像一曲悠悠的小令。我在一棵树下站好，庄重地架起小提琴，像一个隆重的仪式，拉响了第一支曲子。

但很快我就沮丧了，我似乎又将那把锯子带到了林子里。

当我感觉到身后有人并转过身时，吓了一跳，一位极瘦极瘦的老妇人静静地坐在一张木椅上，她双眼平静地望着我。一定破坏了这老人正独享的幽静。

我抱歉地冲老人笑了笑，准备溜走。老人叫住我，她说，"是我打搅你了吗？小伙子。不过，我每天早晨都在这儿坐一会儿。"一束阳光透过叶缝照在她的满头银丝上。

我指了指琴，摇了摇头，意思是说我拉不好。

"也许我会用心去感受这音乐。我能做你的听众吗？每天早晨？"

我被这位老人诗一般的语言打动了；我羞愧起来，同时暗暗有了几分信心。嘿，毕竟有人夸我了，尽管她是一个可怜的聋子。我于是继续拉了起来。

以后，每天清晨，我都到小树林里去练琴，面对我唯一的听众，一位耳聋的老人。她一直很平静地望着我。我停下来时，她总不忘说一句："真不错。我的心已经感受到了。谢谢你，小伙子。"我心里洋溢着一种从未有过的感觉。

很快我就发觉我变了。从我紧闭小门的房间里，常常传出基本练习曲。若在以前，妹妹总会敲敲门，装作一副可怜的样子说:"求求你,饶了我吧!"我已经不在乎了。我站得很直,两臂累得又酸又痛,汗水早就湿透了衬衣。但我不会坐在木椅子上练习,而以前我会的。不知为什么,总使我感到忐忑不安,甚至羞愧难当的是每天清晨我都要面对一个耳聋的老妇人全力以赴地演奏;而我唯一的听众也一定早早地坐在木椅上等我了,并且有一次她竟说我的琴声能给她带来快乐和幸福。更要命的是我常常会忘记了她是个可怜的聋子!

我一直珍藏着这个秘密,直到有一天,我的一曲《月光奏鸣曲》让专修音乐的妹妹感到大吃一惊,从她的表情中我知道她的感觉一定不是在欣赏锯床腿了。妹妹逼问我得到了哪位名师的指点。我告诉她:"是一位老太太,就住在12号楼,非常瘦,满头白发,不过——她是一个聋子。""聋子?"妹妹惊叫起来,"聋子!多么荒唐!她是音乐学院最有声望的教授,更重要的,曾是乐团的首席小提琴手,而你竟说她是聋子!"

我一直珍藏着这个秘密。珍藏着一位老人美好的心灵。每天清晨,我总是早早地来到林子里,然后静静拉起一支优美的曲子。我感觉我奏出了真正的音乐,那些美妙的音符从琴弦上缓缓流淌着,充满了整个林子,充满了整个心灵。我们没有交谈过什么,只是在这个美丽的早晨,一个人轻轻地拉,一个人静静地听。

我看着这位老人安详地靠在木椅上，微笑着，手指悄悄打着节奏。我全力以赴地演奏，也许会给老人带来一丝快乐和幸福。她慈祥的眼睛平静地望着我，像深深的潭水在静静地流动着。

后来，我已经能足够熟练地操纵小提琴，它是我永远无法割舍的爱好。在不同的时期，我总会遇到一些大家组织的文艺晚会，我也有了机会面对成百上千的观众演奏小提琴曲。我总是不由得想起那位耳"聋"的老人，那清晨里我唯一的听众……

三 心中有尺，做事有度

敬业与乐业

梁启超

我这题目,是把《礼记》里头"敬业乐群"和《老子》里头"安其居,乐其业"那两句话,断章取义造出来的。我所说的是否与《礼记》《老子》原意相合,不必深求;但我确信"敬业乐业"四个字,是人类生活的不二法门。

本题主眼,自然是在"敬"字、"乐"字。但必先有业,才有可敬、可乐的主体,理至易明。所以在讲演正文以前,先要说说有业之必要。

孔子说:"饱食终日,无所用心,难矣哉!"又说:"群居终日,言不及义,好行小慧,难矣哉！"孔子是一位教育大家，他心目中没有什么人不可教诲，独独对于这两种人便摇头叹气说道："难！难！"可见人生一切毛病都有药可医，唯有无业游民，虽大圣人碰着他，也没有办法。

唐朝有一位名僧百丈禅师，他常常用两句格言教训弟子，说道："一日不做事，一日不吃饭。"他每日除上堂说法之外，还要自己扫地、擦桌子、洗衣服，直到八十岁，日日如此。有一回，他的门生想替他服务，把他本日应做的工悄悄地都做了，这位言行相顾的老禅师，老实不客气，那一天便绝对地不肯吃饭。

我征引儒门、佛门这两段话，不外证明人人都要有正当职业，人人都要不断地劳作。倘若有人问我："百行什么为先？万恶什么为首？"我便一点不迟疑答道："百行业为先，万恶懒为首。"没有职业的懒人，简直是社会上的蛀米虫，简直是"掠夺别人勤劳结果"的盗贼。我们对于这种人，是要彻底讨伐，万不能容赦的。有人说："我并不是不想找职业，无奈找不出来。"我说："职业难找，原是现代全世界普通现象，我也承认。这种现象应该如何救济，别是一个问题，今日不必讨论。但以中国现在情形论，找职业的机会，依然比别国多得多；一个精力充满的壮年人，倘若不是安心躲懒，我敢信他一定能得相当职业。"今日所讲，专为现在有职业及现在正做职业上预备的人——学生——说法，告诉他们对于自己现有的职业应采何种态度。

第一要敬业。敬字为古圣贤教人做人最简易、直捷的法门，可惜被后来有些人说得太精微，倒变得不适实用了。唯有朱子解得最好，他说："主一无适便是敬。"用现代的话讲，凡做一件事，便忠于一件事，将全副精力集中到这事上头，一点不旁骛，便是敬。业有什么可敬呢？为什么该敬呢？人类一面为生活而劳动，一面也是为劳动而生活。人类既不是上帝特地制来充当消化面包的机器，自然该各人因自己的地位和才力，认定一件事去做。凡可以名为一件事的，其性质都是可敬。当大总统是一件事，拉黄包车也是一件事。事的名称，从俗人眼里看来，有高下；事的性质，从学理上解剖起来，并没有高下。只要当大总统的人，信得过我可以当大总统才去当，实实在在把总统当作一件正经事来做；拉黄包车的人，信得过我可以拉黄包车才去拉，实实在在把拉车当作一件正经事来做，便是人生合理的生活。这叫作职业的神圣。凡职业没有不是神圣的，所以凡职业没有不是可敬的。唯其如此，所以我们对于各种职业，没有什么分别拣择。总之，人生在世，是要天天劳作的。劳作便是功德，不劳作便是罪恶。至于我该做哪一种劳作，全看我的才能何如，境地何如。因自己的才能、境地，做一种劳作做到圆满，便是天地间第一等人。

怎样才能把一种劳作做到圆满呢？唯一的秘诀就是忠实，忠实从心理上发出来的便是敬。《庄子》记佝偻丈人承蜩的故事，说道："虽天地之大，万物之多，而唯蜩翼之知。"凡做一件事，便把这件事看作我的生命，无论别的什么好处，到底不肯牺牲我现做的事来和他交换。我信得过我当木匠的做成一张好桌子，和你们当政治家的建设成一个共和国家同一价值；我信得过我当挑粪的把马桶收拾得干净，和你们当军人的打胜一支压境的敌军同一价值。大家同是替社会做事，你不必羡慕我，我不必羡慕你。怕的是我这件事做得不妥当，便对不起这一天里头所吃的饭。所以我做这事的时候，丝毫不肯分心到事外。曾文正说："坐这山，望那山，一事无成。"我从前看见一位法国学者著的书，比较英法两国国民性，他说："到英国人公事房里头，只看见他们埋头执笔做他们的事；到法国人公事房里头，只看见他们衔着烟卷像在那里出神。英国人走路，眼注地上，像用全副精神注在走路上；法国人走路，总是东张西望，像不把走路当一回事。"这些话比较得是否确切，姑且不论；但很可以为敬业两个字下注脚。若果如他们所说，英国人便是敬，法国人便是不敬。一个人对于自己的职业不敬，从学理方面说，便亵渎职业之神圣；从事实方面说，一定把事情做糟了，结果自己害自己。所以敬业主义，于人生最为必要，又于人生最为有利。庄子说："用志不分，乃凝于神。"孔子说："素其位而行，不愿乎其外。"我说的敬业，不外这些道理。

第二要乐业。"做工好苦呀！"这种叹气的声音，无论何人都会常在口边流露出来。但我要问他："做工苦，难道不做工就不苦吗？"今日大热天气，我在这里喊破喉咙来讲，诸君扯直耳朵来听，有些人看着我们好苦；翻过来，倘若我们去赌钱去吃酒，还不是一样在淘神费力？难道又不苦？须知苦乐全在主观的心，不在客观的事。人生从出胎的那一秒钟起到咽气的那一秒钟止，除了睡觉以外，总不能把四肢、五官都搁起不用。只要一用，不是淘神，便是费力，劳苦总是免不掉的。会打算盘的人，只有从劳苦中找出快乐来。我想天下第一等苦人，莫过于无业游民，终日闲游浪荡，不知把自己的身子和心摆在哪里才好，他们的日子真难过。第二等苦人，便是厌恶自己本业的人，这件事分明不能不做，却满肚子里不愿意做。不愿意做逃得了吗？到底不能。结果还是皱着眉头，哭丧着脸去做。这不是专门自己替自己开玩笑吗？我老实告诉你一句话："凡职业都是有趣味的，只要你肯继续做下去，趣味自然会发生。"为什么呢？第一，因为凡一件职业，总有许多层累、曲折，倘能身入其中，看它变化、进展的状态，最为亲切有味；第二，因为每一职业之成就，离不了奋斗，一步一步地奋斗前去，从刻苦中得快乐，快乐的分量加增；第三，职业性质，常常要和同业的人比较骈进，好像赛球一般，因竞胜而得快乐；第四，专心做一职业时，把许多游思、妄想杜绝了，省却无限闲烦恼。孔子说："知之者不如好之者，好之者不如乐之者。"人生能从自己职业中领略出趣味，生活才有价值。孔子自述生平，说道："其为人也，发愤忘食，乐以忘忧，不知老之将至云尔。"这种生活，真算得人类理想的生活了。

我生平最受用的有两句话：一是"责任心"，二是"趣味"。我自己常常力求这两句话之实现与调和，又常常把这两句话向我的朋友强聒不舍。今天所讲，敬业即是责任心，乐业即是趣味。我深信人类合理的生活总该如此，我盼望诸君和我同一受用！

一九二二年八月十四日在上海中华职业学校演讲

"旁若无人"

梁实秋

在电影院里,我们大概都常遇到一种不愉快的经验。在你聚精会神地静坐着看电影的时候,会忽然觉得身下坐着的椅子颤动起来,动得很匀,不至于把你从座位里掀出去,动得很促,不至于把你颠摇入睡,颤动之快慢急徐,恰好令你觉得它讨厌。大概是轻微地震罢?左右探查震源,忽然又不颤动了。在你刚收起心来继续看电影的时候,颤动又来了。如果下决心寻找震源,不久就可以发现,毛病大概是出在附近的一位先生的大腿上。他的足尖踏在前排椅撑上,绷足了劲,利用腿筋的弹性，很优游地在那里发抖。如果这拘挛性的动作是由于羊痫风一类的病症的暴发，我们要原谅他，但是不像，他嘴里并不吐白沫。看样子也不像是神经衰弱，他的动作是能收能发的，时作时歇，指挥如意。若说他是有意使前后左右两排座客不得安生，却也不然。全是陌生人无仇无恨，我们站在被害人的立场上看，这种变态行为只有一种解释，那便是他的意志过于集中，忘记旁边还有别人，换言之，便是"旁若无人"的态度。

"旁若无人"的精神表现在日常行为上者不只一端。例如欠伸，原是常事，"气乏则欠、体倦则伸"，但是在稠人广众之中，张开血盆巨口，作吃人状，把口里的獠牙显露出来，再加上伸胳臂伸腿如演太极，那样子就不免吓人。有人打哈欠还带音乐的，其声呜呜然，如吹号角、如鸣警报、如猿啼、如鹤唳，音容并茂，礼记："侍坐于君子，君子欠伸，撰杖履，视日蚤莫，侍坐者请出矣。"是欠伸合于古礼，但亦以"君子"为限，平民岂可援引，对人伸胳臂张嘴，纵不吓人，至少令人觉得你是在逐客，或是表示你自己不能管制你自己的肢体。

邻居有叟，平常不大回家，每次归来必令我闻知。清晨有三声喷嚏，不只是清脆，而且洪亮，中气充沛，根据那声音之响我揣测必有异物入鼻，或是有人插入纸捻，那声音撞击在脸盆之上有金石声！随后是大排场的漱口，真是排山倒海，犹如骨鲠在喉，又似苍蝇下咽。再随后是三餐的饱嗝，一串串的咯声，像是下水道不甚畅通的样子。可惜隔着墙没能看见他剔牙，否则那一份刮垢磨光的钻探工程，场面也不会太小。

这一切"旁若无人"的表演究竟是偶然突发事件，经常令人困扰的乃是高声谈话。在喊救命的时候，声音当然不嫌其大。除非是脖子被人踩在脚底下，但是普通的谈话似乎可以令人听见为度，而无须一定要力竭声嘶地去振聋发聩。生理学告诉我们，发音的器官是很复杂的，说话一分钟要有九百个动作，有一百块筋肉在弛张，但是大多数人似乎还嫌不足，恨不得嘴上再长一个扩大器。有个外国人疑心我们国人的耳鼓生得异样，那层膜许是特别厚，非扯着脖子喊不能听见，所以说话总是像打架。这批评有多少真理，我不知道。不过我们国人会嚷的本领，是谁也不能否认的。电影场里电灯初灭的时候，总有几声"哎哟，小三儿，你在哪儿呢？"在戏院里，演员像是演哑剧，大锣大鼓之声依稀可闻，主要的声音是观众鼎沸，令人感觉好像是置身蛙塘。在旅馆里，好像前后左右都是庙会，不到夜深休想安眠，安眠之后难免没有响皮底的大皮靴毫无惭愧地在你门前踱来踱去。天未大亮,又有各种市声前来侵扰。一个人大声说话,是本能;小声说话,是文明。以动物而论,狮吼、狼嗥、虎啸、驴鸣、犬吠,即是小如促织蚯蚓,声音都不算小,都不会像人似的有时候也会低声说话。大概文明程度愈高,说话愈不以声大见长。群居的习惯愈大,愈不容易存留"旁若无人"的幻觉。我们以农立国,乡间地旷人稀,畎亩阡陌之间,低声说一句"早安"是不济事的,必得扯长了脖子喊一声"你吃过饭啦?"可怪的是,在人烟稠密的所在,人的喉咙还是不能缩小。更可异的是,纸驴嗓、破锣嗓、喇叭嗓、公鸡嗓,并不被一般地认为是缺陷,而且麻衣相法还公然地说,声音洪亮者主贵!

叔本华有一段寓言:

> 一群豪猪在一个寒冷的冬天挤在一起取暖,但是它们的刺毛开始互相击刺,于是不得不分散开。可是寒冷又把它们驱在一起,于是同样的事故又发生了。最后,经过几番的聚散,它们发现最好是彼此保持相当的距离。同样地,群居的需要使得人形的豪猪聚在一起,只是他们本性中的带刺的令人不快的刺毛使得

彼此厌恶。他们最后发现的使彼此可以相安的那个距离，便是那一套礼貌；凡违犯礼貌者便要受严词警告——用英语来说——请保持相当距离。用这方法，彼此取暖的需要只是相当地满足了；可是彼此可以不至互刺。自己有些暖气的人情愿走得远远的，既不刺人，又可不受人刺。

逃避不是办法。我们只是希望人形的豪猪时常地提醒自己：这世界上除了自己还有别人，人形的豪猪既不止我一个，最好是把自己的大大小小的刺毛收敛一下，不必像孔雀开屏似的把自己的刺毛都尽量地伸张。

说"面子"

鲁 迅

"面子",是我们在谈话里常常听到的,因为好像一听就懂,所以细想的人大约不很多。

但近来从外国人的嘴里,有时也听到这两个音,他们似乎在研究。他们以为这一件事情,很不容易懂,然而是中国精神的纲领,只要抓住这个,就像二十四年前的拔住了辫子一样,全身都跟着走动了。相传前清时候,洋人到总理衙门去要求利益,一通威吓,吓得大官们满口答应,但临走时,却被从边门送出去。不给他走正门,就是他没有面子;他既然没有了面子,自然就是中国有了面子，也就是占了上风了。这是不是事实，我断不定，但这故事，"中外人士"中是颇有些人知道的。

因此，我颇疑心他们想专将"面子"给我们。

但"面子"究竟是怎么一回事呢？不想还好，一想可就觉得糊涂。它像是很有好几种的，每一种身份，就有一种"面子"，也就是所谓"脸"。这"脸"有一条界线，如果落到这线的下面去了，即失了面子，也叫作"丢脸"。不怕"丢脸"，便是"不要脸"。但倘使做了超出这线以上的事，就"有面子"，或曰"露脸"。而"丢脸"之道，则因人而不同，例如车夫坐在路边赤膊捉虱子，并不算什么，富家姑爷坐在路边赤膊捉虱子，才成为"丢脸"。但车夫也并非没有"脸"，不过这时不算"丢"，要给老婆踢了一脚，就躺倒哭起来，这才成为他的"丢脸"。这一条"丢脸"律，是也适用于上等人的。这样看来，"丢脸"的机会，似乎上等人比较的多，但也不一定，例如车夫偷一个钱袋，被人发现，是失了面子的，而上等人大捞一批金珠珍玩，却仿佛也不见得怎样"丢脸"，况且还有"出洋考察"，是改头换面的良方。

谁都要"面子"，当然也可以说是好事情，但"面子"这东西，却实在有些怪。九月三十日的《申报》就告诉我们一条新闻：沪西有业木匠大包作头之罗立鸿，为其母出殡，邀开"赏器店之王树宝夫妇帮忙，因来宾众多，所备白衣，不敷分配，其时适有名王道才，绰号三喜子，亦到来送殡，争穿白衣不遂，以为有失体面，心中怀恨，……邀集徒党数十人，各执铁棍，据说尚有持手枪者多人，将王树宝家人乱打，一时双方有剧烈之战争，头破血流，多人受有重伤。……"白衣是亲族有服者所穿的，现在必须"争穿"而又"不遂"，足见并非亲族，但竟以为"有失体面"，演成这样的大战了。这时候，好像只要和普通有些不同便是"有面子"，而自己成了什么，却可以完全不管。这类脾气，是"绅商"也不免发露的：袁世凯将要称帝的时候，有人以列名于劝进表中为"有面子"；有一国从青岛撤兵的时候，有人以列名于万民伞上为"有面子"。

所以，要"面子"也可以说并不一定是好事情——但我并非说，人应该"不要脸"。现在说话难，如果主张"非孝"，就有人会说你在煽动打父母，主张男女平等，就有人会说你在提倡乱交——这声明是万不可少的。

况且，"要面子"和"不要脸"实在也可以有很难分辨的时候。不是有一个笑话么？一个绅士有钱有势，我假定他叫四大人罢，人们都以能够和他扳谈为荣。有一个专爱夸耀的小瘪三,一天高兴地告诉别人道:"四大人和我讲过话了!"人问他"说什么呢?"答道:"我站在他门口,四大人出来了,对我说:滚开去!"当然,这是笑话,是形容这人的"不要脸",但在他本人,是以为"有面子"的,如此的人一多,也就真成为"有面子"了。别的许多人,不是四大人连"滚开去"也不对他说么?

在上海,"吃外国火腿"虽然还不是"有面子",却也不算怎么"丢脸"了,然而比起被一个本国的下等人所踢来,又仿佛近于"有面子"。

中国人要"面子",是好的,可惜的是这"面子"是"圆机活法",善于变化,于是就和"不要脸"混起来了。长谷川如是闲说"盗泉"云:"古之君子,恶其名而不饮,今之君子,改其名而饮之。"也说穿了"今之君子"的"面子"的秘密。

十月四日

论"人言可畏"

鲁　迅

"人言可畏"是电影明星阮玲玉自杀之后,发见于她的遗书中的话。这轰动一时的事件,经过了一通空论,已经渐渐冷落了,只要《玲玉香消记》一停演,就如去年的艾霞自杀事件一样,完全烟消火灭。她们的死,不过像在无边的人海里添了几粒盐,虽然使扯淡的嘴巴们觉得有些味道,但不久也还是淡,淡,淡。

这句话,开初是也曾惹起一点小风波的。有评论者,说是使她自杀之咎,可见也在日报记事对于她的诉讼事件的张扬;不久就有一位记者公开地反驳,以为现在的报纸的地位,舆论的威信,可怜极了,哪里还有丝毫主宰谁的运命的力量,况且那些记载,大抵采自经官的事实,绝非捏造的谣言,旧报俱在,可以复按。所以阮玲玉的死,和新闻记者是毫无关系的。

这都可以算是真实话。然而——也不尽然。

现在的报章之不能像个报章,是真的;评论的不能逞心而谈,失了威力,也是真的,明眼人决不会过分地责备新闻记者。但是,新闻的威力其实是并未全盘坠地的,它对甲无损,对乙却会有伤;对强者它是弱者,但对更弱者它却还是强者,所以有时虽然吞声忍气,有时仍可以耀武扬威。于是阮玲玉之流,就成了发扬余威的好材料了,因为她颇有名,却无力。小市民总爱听人们的丑闻,尤其是有些熟识的人的丑闻。上海的街头巷尾的老虎婆,一知道近邻的阿二嫂家有野男人出入,津津乐道,但如果对她讲甘肃的谁在偷汉,新疆的谁在再嫁,她就不要听了。阮玲玉正在现身银幕,是一个大家认识的人,因此她更是给报章凑热闹的好材料,至少也可以增加一点销场。读者看了这些,有的想:"我虽然没有阮玲玉那么漂亮,却比她正经";有的想:"我虽然不及阮玲玉的有本领,却比她出身高";连自杀了之后,也还可以给人想:"我虽然没有阮玲玉的技艺，却比她有勇气，因为我没有自杀"。花几个铜元就发见了自己的优胜，那当然是很上算的。但靠演艺为生的人，一遇到公众发生了上述的前两种的感想，她就够走到末路了。所以我们且不要高谈什么连自己也并不了然的社会组织或意志强弱的滥调，先来设身处地地想一想罢，那么，大概就会知道阮玲玉的以为"人言可畏"，是真的，或人的以为她的自杀，和新闻记事有关，也是真的。

但新闻记者的辩解，以为记载大抵采自经官的事实，却也是真的。上海的有些介乎大报和小报之间的报章，那社会新闻，几乎大半是官司已经吃到公安局或工部局去了的案件。但有一点坏习气，是偏要加上些描写，对于女性，尤喜欢加上些描写；这种案件，是不会有名公巨卿在内的，因此也更不妨加上些描写。案中的男人的年纪和相貌，是大抵写得老实的，一遇到女人，可就要发挥才藻了，不是"徐娘半老，风韵犹存"，就是"豆蔻年华，玲珑可爱"。一个女孩儿跑掉了，自奔或被诱还不可知，才子就断定道，"小姑独宿，不惯无郎"，你怎么知道？一个村妇再醮了两回，原是穷乡僻壤的常事，一到才子的笔下，就又赐以大字的题目道，"奇淫不减武则天"，这程度你又怎么知道？这些轻薄句子，加之村姑，大约是并无什么影响的,她不识字,她的关系人也未必看报。但对于一个智识者,尤其是对于一个出到社会上了的女性,却足够使她受伤,更不必说故意张扬,特别渲染的文字了。然而中国的习惯,这些句子是摇笔即来,不假思索的,这时不但不会想到这也是玩弄着女性,并且也不会想到自己乃是人民的喉舌。但是,无论你怎么描写,在强者是毫不要紧的,只消一封信,就会有正误或道歉接着登出来,不过无拳无勇如阮玲玉,可就正做了吃苦的材料了,她被额外地画上一脸花,没法洗刷。叫她奋斗吗?她没有机关报,怎么奋斗;有冤无头,有怨无主,和谁奋斗呢?我们又可以设身处地地想一想,那么,大概就又知她的以为"人言可畏",是真的,或人的以为她的自杀,和新闻记事有关,也是真的。

然而,先前已经说过,现在的报章的失了力量,却也是真的,不过我以为还没有到达如记者先生所自谦,竟至一钱不值,毫无责任的时候。因为它对于更弱者如阮玲玉一流人,也还有左右她命运的若干力量的,这也就是说,它还能为恶,自然也还能为善。"有闻必录"或"并无能力"的话,都不是向上的负责的记者所该采用的口头禅,因为在实际上,并不如此,——它是有选择的,有作用的。

至于阮玲玉的自杀，我并不想为她辩护。我是不赞成自杀，自己也不预备自杀的。但我的不预备自杀，不是不屑，却因为不能。凡有谁自杀了，现在是总要受一通强毅的评论家的呵斥，阮玲玉当然也不在例外。然而我想，自杀其实是不很容易，决没有我们不预备自杀的人们所藐视的那么轻而易举的。倘有谁以为容易么，那么，你倒试试看！

自然，能试的勇者恐怕也多得很，不过他不屑，因为他有对于社会的伟大的任务。那不消说，更加是好极了，但我希望大家都有一本笔记簿，写下所尽的伟大的任务来，到得有了曾孙的时候，拿出来算一算，看看怎么样。

五月五日

明哲保身的遗毒

邹韬奋

富有阅历经验的老前辈，对于出远门的子弟常叮咛训诲，说你在轮船上或火车上，如看见有窃贼或扒手正在那儿偷窃别个乘客的东西，你不但不可声张，并且要赶紧把眼睛往旁急转，装作未曾看见的样子，免他对你怀恨。这样几句很平常的寥寥"训话"，很可以表示传统观念遗下来的"明哲保身"的精神。

有了这种精神浸润充盈于大多数国民的心理，于是大多数国民便只知有身，不知有正谊公道，不知有血气心肝，不知有国，不知有民族。所以当八国联军攻破京津时,顺民旗随处高悬;当联军占据北京时,该处绅士至请联军统帅瓦德西大看其戏,优礼迎迓;当天津尚在八国联军手里,该地绅士居然歌功颂德,鼓乐喧天地恭送匾额给德国将帅。所为者何:亦不外乎明哲保身而已矣!

对外存着这种明哲保身的态度,简直只要这条狗命可得忍辱含垢活着,国家尽管受侮,民族尽管受辱,都可以淡然置之,泰然安之,因为这种人所求者只不过明哲保身而已矣!对内存着这种明哲保身的态度,贪官污吏尽管横行,武人祸国尽管内乱,做国民的却尽管袖手旁观,各人只要一时苟延残喘,什么话都不敢说,什么意见都不敢提了。发了财的舆论机关,号称民众口舌,只要极简单地做几句模棱两可不着边际不痛不痒的社论或时评,所沾沾自喜者,每年老板可有二十万三十万的盈余下腰包,以不冒风险为主旨,拆穿西洋镜,亦不过明哲保身而已矣!

全国对内对外大家受着明哲保身的遗毒,以只顾自己一条狗命的苟延残喘为唯一宗旨,于是结果如何?在内则纵任少数人之倒行逆施,斫伤国脉,兵匪遍地,民不聊生,死于天灾者动辄以数百万人计,死于兵祸者动辄以数十万人计,这种死路都是大家但求明哲保身之所赐!在外仅就近事言,济南之变,白受日人惨杀的中国国民几何人？这种死路至少也是大多数国民对内对外人人但求明哲保身所直接间接酿成的惨剧！

最近上海由中国人开的大光明戏院开演侮辱中华民族的有声电影《不怕死》，洪深先生激于义愤，当场对观众演说，该院总经理中国人高镜清先生先则嗾使其所雇西人经理加以侮辱殴打，继则传唤其所恃西捕老爷加以拘捕管押，大概高先生也是深明中国人明哲保身的心理，自信很有把握，初不料洪先生却不是一个谙于明哲保身道理的人！我并觉得我国不谙明哲保身的人太少了，所以引起上面所说的一大拖感触，以为做今日内忧外患的中国人，应该人人养成不怕死的精神，为主持正谊公道，为力争国家民族的荣誉生存，就是一死也心甘意愿。其实做今日的中国人已经生不如死，就是这样的死去，反可以救救以后未死将死的许多惨苦同胞。我们要人人铲除明哲保身的遗毒；要把自己个人的生命看得轻，所属民族的荣存看得重；否则生不如死，何贵乎生？

历史上杀身成仁慷慨赴义的志士先烈，他们心性里最缺乏的成分是明哲保身的遗毒，最充分的是不怕死的精神——为主持正谊公道，为力争国家民族的荣誉生存不惜一死的精神。我国人受明哲保身的遗毒太多了，四万五千万国民里面具有这种不怕死的精神者能渐渐增加若干人,即中国起死回生的希望能渐渐增加若干程度。

原载一九三〇年三月十六日《生活》周刊第五卷第十四期

社会信用

邹韬奋

《生活》周刊突飞猛进之后,时时立在时代的前线,获得国内外数十万读者好友的热烈的赞助和深挚的友谊,于是所受环境的逼迫也一天天加甚。我参加蔡孑民、宋庆龄诸先生所领导的民权保障同盟不久以后,便不得不暂离我所爱的职务而作欧洲之游。在这时候的情形,以及后来在各国的状况,读者诸君可在《萍踪寄语》初集、二集和三集里面看到大概。我于前年9月初由美回国,刚好环游了地球一周,关于在美几个月考察所得,都记在《萍踪忆语》里面,在这里不想多说了。回国后主办《大众生活》反映全国救亡的高潮,现在有《大众集》留下了这高潮的影像。随后在香港创办《生活日报》,这在本书《在香港的经历》一文里可见一斑。自"九·一八"国难发生以来,我竭尽我的心力,随同全国同胞共赴国难;一面尽量运用我的笔杆,为国难尽一部分宣传和研讨的责任,一面也尽量运用我的微力,参加救国运动。

十几年来在舆论界困知勉行的我,时刻感念的是许多指导我的师友,许多赞助我的同人,无量数的同情我的读者好友;我常自策勉,认为报答这样的深情厚惠于万一的途径,是要把在社会上所获得的信用,完全用在为大众谋福利的方面去。我深刻地知道,社会上所给我的信用,绝对不是我个人所造成的,是我的许多师友、许多同人以及无量数的读者好友直接间接所共同造成的。因此也可以说,我在社会上的信用不只是我的信用,也是许多师友、许多同人乃至无量数的读者好友所共有的。我应该尽善地运用这种信用,这不只是对我自己应负的责任,也是对许多师友、许多同人乃至对无量数的读者好友所应负的责任。

我这信用绝对不为着我个人自己的、私的目的而用,也不被任何个人或任何党派为着私的目的所利用,我这信用只许为大众而用。在现阶段，我所常常考虑的是：怎样把我所有的能力和信用运用于抗敌救亡的工作？

我生平没有私仇，但是因为现实的社会既有光明和黑暗两方面，你要立于光明方面，黑暗方面往往要中伤你，中伤的最容易的办法，是破坏你的社会上的信用。要破坏你在社会上的信用，最常见的方法是在金钱方面造你的谣言。

我主持任何机关，经手任何公款，对于账目都特别谨慎；无论如何，必须请会计师查账，得到证书。这固然是服务于公共机关者应有的职责，是很寻常的事情，本来是不值得提起的。我在这里所以还顺便提起的，因为要谈到社会上有些中伤的造谣阴谋，也许可供处世者避免陷害的参考。

也许诸君里面有许多人还记得，在马占山将军为抗敌救国血战嫩江的时候，《生活》周刊除在言论上大声疾呼，唤起民众共同奋斗外，并承国内外读者的踊跃输将，争先恐后地把捐款交给本刊汇齐汇寄前方。其中有一位"粤东女子"特捐所得遗产二万五千元，亲交给我收转。这样爱国的热诚和信任我们的深挚，使我们得到很深的感动。当时我们的周刊社的门口很小，热心的读者除邮汇捐款络绎不绝外，每天到门口来亲交捐款的，也挤得水泄不通；其中往往有卖菜的小贩和挑担的村夫，在柜台上伸手交着几只角子或几块大洋，使人看着发生深深的感动，永不能忘的深深的感动！当时我们的同事几于全体动员，收款的收款，算账的算账，忙得不得了，为着急于算清以便从早汇交前线的战士，我们往往延长办公时间到深夜。这次捐款数量达十二万元，我们不但有细账，有收据，不但将捐款者的姓名公布（其先在本刊上公布，后来因人数太多，纸张所贴不赀，特在"征信录"上全部公布，分寄各捐户），收据也制版公布，并且由会计师（潘序伦会计师）查账，认为无误，给予证明书公布。这在经手公款的人，手续上可说是应有尽有的了。但是后来仍有人用文字散布谣言，说我出国视察的费用是从捐款里括下来的！我前年回国后，听到这个消息，特把会计师所给的证明书制版，请律师（陈霆锐律师）再为登报宣布。但是仍有人故作怀疑的口吻，抹杀这铁一般的事实！这样不顾事实的行为，显然是存心要毁坏我在社会上的信用，但是终于因为我的铁据足以证明这是毁谤诬蔑，他们徒然"心劳日拙"，并不能达到他们的目的。

我们只要自己脚跟立得稳，毁谤诬蔑，是不足畏的。

原载一九三七年四月上海生活书店《经历》

正 义

朱自清

人间的正义是在哪里呢?

正义是在我们的心里!从明哲的教训和见闻的意义中,我们不是得着大批的正义么?但白白地搁在心里,谁也不去取用,却至少是可惜的事。两石白米堆在屋里,总要吃它干净,两箱衣服堆在屋里,总要轮流穿换,一大堆正义却扔在一旁,满不理会,我们真大方,真舍得!看来正义这东西也真贱,竟抵不上白米的一个尖儿,衣服的一个扣儿。——爽性用它不着,倒也罢了,谁都又装出一副发急的样子,张张皇皇地寻觅着。这个葫芦里卖的什么药？我的聪明的同伴呀，我真想不通了！

我不曾见过正义的面，只见过它的弯曲的影儿——在"自我"的唇边，在"威权"的面前，在"他人"的背后。

正义可以做幌子，一个漂亮的幌子，所以谁都愿意念着它的名字。"我是正经人，我要做正经事"，谁都向他的同伴这样隐隐地自诩着。但是除了用以"自诩"之外，正义对于他还有什么作用呢？他独自一个时，在生人中间时，早忘了它的名字，而去创造"自己的正义"了！他所给予正义的，只是让它的影儿在他的唇边闪烁一番而已。但是，这毕竟不算十分辜负正义，比那凭着正义的名字以行罪恶的，还胜一筹。可怕的正是这种假名行恶的人，他嘴里唱着正义的名字，手里却满满地握着罪恶；他将这些罪恶送给社会，粘上金碧辉煌的正义的签条送了去。社会凭着他所唱的名字和所粘的签条，欣然受了这份礼；就是明知道是罪恶，也还是欣然受了这份礼！易卜生"社会栋梁"一出戏，就是这种情形。这种人的唇边，虽更频繁地闪烁着正义的弯曲的影儿，但是深藏在他们心底的正义，只怕早已霉了，烂了，且将毁灭了。在这些人里，我见不着正义！

在亲子之间，师傅学徒之间，军官兵士之间，上司属僚之间，似乎有正义可见了，但是也不然。卑幼大抵顺从他们长上的，长上要施行正义于他们，他们诚然是不"能"违抗的——甚至"父教子死，子不得不死"一类话也说出来了。他们发现有形的扑鞭和无形的赏罚在长上们的背后，怎敢去违抗呢？长上们凭着威权的名字施行正义，他们怎敢不遵呢？但是你私下问他们："信么？服么？"他们必摇摇他们的头，甚至还奋起他们的双拳呢！这正是因为长上们不凭着正义的名字而施行正义的缘故了。这种正义只能由长上行于卑幼，卑幼是不能行于长上的，所以是偏颇的；这种正义只能施于卑幼，而不能施于他人，所以是破碎的；这种正义受着威权的鼓弄，有时不免要扩大到它的应有的轮廓之外，那时它又是肥大的，这些仍旧只是正义的弯曲的影儿。不凭着正义的名字而施行正义，我在这等人里，仍旧见不着它！

在没有威权的地方，正义的影儿更弯曲了。名位与金钱的面前，正义只剩淡如水的微痕了。你瞧现在一班大人先生见了所谓督军等人的劲儿！他们未必愿意如此的，但是一当了面，估量着对手的名位，就不免心里一软，自然要给他一些面子——于是不知不觉地就敷衍起来了。至于平常的人，偶然见了所谓名流，也不免要吃一惊，那时就是心里有一百二十个不以为然，也只好姑且放下，另做出一番"足恭"的样子，以表倾慕之诚。所以一班达官通人，差不多是正义的化外之民，他们所做的都是合于正义的，乃至他们所做的就是正义了！——在他们实在无所谓正义与否了。呀！这样，正义岂不已经沦亡了？却又不然。须知我只说"面前"是无正义的，"背后"的正义却幸而还保留着。社会的维持，大部分或者就靠着这背后的正义罢。但是背后的正义，力量究竟是有限的，因为隔开一层，不由得就单弱了。一个为富不仁的人，背后虽然免不了人们的指摘，面前却只有恭敬。一个华服翩翩的人，犯了违警律，就是警察也要让他五分。这就是我们的正义了！我们的正义百分之九十九是在背后的，而在极亲近的人间，有时连这个背后的正义也没有！因为太亲近了，什么也可以原谅了，什么也可以马虎了，正义就任怎么弯曲也可以了。背后的正义只有存生疏的人们间。生疏的人们间，没有什么密切的关系，自然可以用上正义这个幌子。至于一定要到背后才叫出正义来，那全是为了情面的缘故。情面的根柢大概也是一种同情，一种廉价的同情。现在的人们只喜欢廉价的东西，在正义与情面两者中，就尽先取了情面，而将正义放在背后。在极亲近的人间，情面的优先权到了最大限度，正义就几乎等于零，就是在背后也没有了。背后的正义虽也有相当的力量,但是比起面前的正义就大大的不同,启发与戒惧的功能都如掺了水的薄薄的牛乳似的——于是仍旧只算是一个弯曲的影儿。在这些人里,我更见不着正义!

人间的正义究竟是在哪里呢?满藏在我们心里!为什么不取出来呢?它没有优先权!在我们心里,第一个尖儿是自私,其余就是威权、势力、亲疏、情面等;等到这些角色一一演毕,才轮得到我们可怜的正义。你想,时候已经晚了,它还有出台的机会么?没有!所以你要正义出台,你就得排除一切,让它做第一个尖儿,你得凭着它自己的名字叫它出台。你还得抖擞精神,准备一副好身手,因为它是初出台的角儿,捣乱的人必多,你得准备着打——不打不成相识呀!打得站住了脚歇住了手,那时我们就能从容地瞻仰正义的面目了。

一九二四年五月十四日作

论老实话

朱自清

美国前国务卿贝尔纳斯退职后写了一本书，题为《老实话》。这本书中国已经有了不止一个译名，或作《美苏外交秘录》，或作《美苏外交内幕》，或作《美苏外交纪实》，"秘录""内幕"和"纪实"都是《老实话》的意译。前不久笔者参加一个宴会，大家谈起贝尔纳斯的书，谈起这个书名。一个美国客人笑着说："贝尔纳斯最不会说老实话！"大家也都一笑。贝尔纳斯的这本书是否说的全是"老实话"，暂时不论，他自题为《老实话》，以及中国的种种译名都含着"老实话"的意思，却可见无论中外，大家都在要求着"老实话"。贝尔纳斯自题这样一个书名，想来是表示他在做国务卿办外交的时候有许多话不便"老实说"，现在是自由了，无官一身轻了，不妨"老实说"了——原名直译该是"老实说"，还不是"老实话"。但是他现在真能自由地"老实说"，真肯那么的"老实说"吗？——那位美国客人的话是有他的理由的。

无论中外，也无论古今，大家都要求"老实话"，可见"老实话"是不容易听到见到的。大家在知识上要求真实，他们要知道事实，寻求真理。但是抽象的真理，打破砂锅问到底，有的说可知，有的说不可知，至今纷无定论，具体的事实却似乎或多或少总是可知的。况且照常识上看来，总是先有事后才有理，而在日常生活里所要应付的也都是些事，理就包含在其中，在应付事的时候，理往往是不自觉的。因此强调就落到了事实上。常听人说"我们要明白事实的真相"，既说"事实"，又说"真相"，叠床架屋，正是强调的表现。说出事实的真相，就是"实话"。买东西叫卖的人说"实价"，问口供叫犯人"从实招来"，都是要求"实话"。人与人如此，国与国也如此。有些时事评论家常说美苏两强若是能够，肯老实说出两国的要求是些什么东西，再来商量，世界的局面也许能够明朗化。可是又有些评论家认为两强的话，特别是苏联方面的，说得已经够老实了，够明朗化了。的确，自从去年维辛斯基在联合国大会上指名提出了"战争贩子"以后，美苏两强的话是越来越老实了，但是明朗化似乎还未见其然。

人们为什么不能不肯说实话呢？归根结底，关键是在利害的冲突上。自己说出实话，让别人知道自己的虚实，容易制自己。就是不然，让别人知道底细，也容易比自己抢先一着。在这个分配不公平的世界上，生活好像战争，往往是有你无我；因此各人都得藏着点儿自己，让人莫名其妙。于是乎钩心斗角，捉迷藏，大家在不安中猜疑着。向来有句老话，"知人知面不知心"，还有，"逢人只说三分话，未可全抛一片心"，这种处世的格言正是教人别说实话，少说实话，也正是暗示那利害的冲突。我有人无，我多人少，我强人弱，说实话恐怕人来占我的便宜；强的要越强，多的要越多，有的要越有。我无人有，我少人多，我弱人强，说实话也恐怕人欺我不中用；弱的想变强，少的想变多，无的想变有。人与人如此，国与国又何尝不如此！

说到战争,还有句老实话,"兵不厌诈!"真的交兵"不厌诈","钩心斗角,捉迷藏,耍花样",也正是个"不厌诈"!"不厌诈",就是越诈越好,从不说实话、少说实话,大大地跨进了一步;于是乎模糊事实,夸张事实,歪曲事实,甚至于捏造事实!于是乎种种谎话,应有尽有,你想我是骗子,我想你是骗子,这种情形,中外古今大同小异,因为分配老是不公平,利害也老在冲突着。这样可也就更要求实话、老实话。老实话自然是有的,人们没有相当限度的互信,社会就不成其为社会了。但是实话总还太少,谎话总还太多,社会的和谐恐怕还远得很罢。不过谎话虽然多,全然出于捏造的却也少,因为不容易使人信。麻烦的是谎话里掺实话,实话里掺谎话——巧妙可也在这儿。日常的话多多少少是两掺的,人们的互信就建立在这种两掺的话上,人们的猜疑可也发生在这两掺的话上。即如贝尔纳斯自己标榜的"老实话",他的同国的那位客人就怀疑他在用好名字骗人。我们这些常人谁能知道他的话老实或不老实到什么程度呢?

人们在情感上要求真诚,要求真心真意,要求开诚相见或诚恳的态度。他们要听"真话""真心话",心坎儿上的,不是嘴边儿上的话。这也可以说是"老实话"。但是"心口如一"向来是难得的,"口是心非"恐怕大家有时都不免,读了奥尼尔的《奇异的插曲》就可恍然。"口蜜腹剑"却真成了小人。真话不一定关于事实,主要的是态度。可是,如前面引过的"知人知面不知心",不看什么人就掏出自己的心肝来,人家也许还嫌血腥气呢!所以交浅不能言深,大家一见面儿只谈天气,就是这个道理。所谓"推心置腹",所谓"肺腑之谈",总得是二三知己才成;若是泛泛之交,只能敷敷衍衍,客客气气,说一些不相干的门面话。这可也未必就是假的,虚伪的。他至少眼中有你。有些人一见面冷冰冰的,拉长了面孔,爱理人不理人的,可以算是"真"透了顶,可是那份儿过了火的"真",有几个人受得住!本来彼此既不相知,或不深知,相干的话也无从说起,说了反容易出岔儿,乐得远远儿的,淡淡儿的,慢慢儿的,不过就是彼此深知,像夫妇之间,也未必处处可以说真话。"人心不同,各如其面",一个人总有些不愿意教别人知道的秘密,若是不顾忌着些个,怎样亲爱的也会碰钉子的。真话之难,就在这里。

真话虽然不一定关于事实,但是谎话一定不会是真话。假话却不一定就是谎话,有些甜言蜜语或客气话,说得过火,我们就认为假话,其实说话的人也许倒并不缺少爱慕与尊敬。存心骗人，别有作用，所谓"口蜜腹剑"的，自然当作别论。真话又是认真的话，玩话不能当作真话。将玩话当真话，往往闹别扭，即使在熟人甚至亲人之间。所以幽默感是可贵的。真话未必是好听的话，所谓"苦口良言""药石之言""忠言""直言"，往往是逆耳的，一片好心往往倒得罪了人。可是人们又要求"直言"，专制时代"直言极谏"是选用人才的一个科目，甚至现在算命看相的，也还在标榜"铁嘴"，表示直说，说的是真话，老实话。但是这种"直言""直说"大概是不至于刺耳至少也不至于太刺耳的。又是"直言"，又不太刺耳，岂不两全其美吗！不过刺耳也许还可忍耐，刺心却最难宽恕；直说遭怨，直言遭忌，就为刺了别人的心——小之被人骂为"臭嘴"，大之可以杀身。所以不折不扣的"直言极谏"之臣，到底是寥寥可数的。直言刺耳，进而刺心，简直等于相骂，自然会叫人生气，甚至于翻脸。反过来，生了气或翻了脸，骂起人来，冲口而出，自然也多直言、真话、老实话。

人与人是如此，国与国在这里却不一样。国与国虽然也讲友谊，和人与人的友谊却不相当，亲谊更简直是没有。这中间没有爱，说不上"真心"，也说不上"真话""真心话"。倒是不缺少客气话，所谓外交辞令；那只是礼尚往来，彼此表示尊敬而已。还有，就是条约的语言，以利害为主，有些是互惠，更多是偏惠，自然是弱小吃亏。这种条约倒是"实话"，所以有时得有秘密条款，有时更全然是密约。条约总说是双方同意的，即使只有一方是"欣然同意"。不经双方同意而对一方有所直言，或彼此相对直言，那就往往是谴责，也就等于相骂。像去年联合国大会以后的美苏两强，就是如此。话越说得老实，也就越尖锐化，当然，翻脸倒是还不至于的。这种老实话一方面也是宣传。照一般的意见，宣传绝不会是老实话。然而美苏两强互相谴责，其中的确有许多老实话，也的确有许多人信这一方或那一方，两大阵营对垒的形势因此也越见分明，世界也越见动荡。这正可见出宣传的力量。宣传也有各等各样。毫无事实的空头宣传，不用说没人信；有事实可也掺点儿谎，就有信的人。因为有事实就有自信，有自信就能多多少少说出些真话，所以教人信。自然，事实越多越分明，信的人也就越多。但是有宣传，也就有反宣传，反宣传意在打消宣传。判断当然还得凭事实。不过正反错综，一般人眼花缭乱，不胜其麻烦，就索性一句话抹杀，说一切宣传都是谎！可是宣传果然都是谎，宣传也就不会存在了，所以还当分别而论。即如贝尔纳斯将他的书自题为"老实说"，或"老实话"，那位美国客人就怀疑他在自我宣传；但是那本书总不能够全是谎罢？一个人也决不能够全靠撒谎而活下去，因为那么着他就掉在虚无里，就没了。

一九四八年二月二十四日作

论说话的多少

朱自清

圣经贤传都教我们少说话，怕的是惹祸，你记得金人铭开头就是"古之慎言人也。戒之哉！戒之哉！无多言！多言多败"。岂不森森然有点可怕的样子。再说，多言即使不惹祸，也不过颠倒是非，决非好事。所以孔子称"仁者其言也讱"，又说"恶夫佞者"。苏秦张仪之流以及后世小说里所谓"掉三寸不烂之舌"的辩士，在正统派看来，也许比佞者更下一等。所以"沉默寡言""寡言笑"，简直就成了我们的美德。

圣贤的话自然有道理，但也不可一概而论。

假如你身居高位，一个字一句话都可影响大局，那自然以少说话，多点头为是。可是反过来，你如去见身居高位的人，那可就没有准儿。前几年南京有一位著名会说话的和一位著名不说话的都做了不小的官。许多人踌躇起来，还是说话好呢？还是不说话好呢？这是要看情形的：有些人喜欢说话的人，有些人不。有些事必得会说话的人去干，譬如宣传员；有些事必得少说话的人去干，譬如机要秘书。

至于我们这些平人，在访问，见客，聚会的时候，若只是死心眼儿，一个劲儿少说话，虽合于圣贤之道，却未见得就顺非圣贤人的眼。要是熟人，处得久了，彼此心照，倒也可以原谅的；要是生人或半生半熟的人，那就有种种看法。他也许觉得你神秘，仿佛天上眨眼的星星；也许觉得你老实，所谓"仁者其言也讱"；也许觉得你懒，不愿意卖力气；也许觉得你厉害，专等着别人的话（我们家乡称这种人为"等口"）；也许觉得你冷淡，不容易亲近；也许觉得你骄傲，看不起他，甚至讨厌他。这自然也看你和他的关系，以及你的相貌神气而定，不全在少说话；不过少说话是个大原因。这么着，他对你当然敬而远之，或不敬而远之。若是你真如他所想，那倒是"求仁得仁"；若是不然，就未免有点冤哉枉也。民国十六年的时候，北平有人到汉口去回来，一个同事问他汉口怎么样。他说，"很好哇，没有什么。"话是完了，那位同事只好点点头走开。他满想知道一点汉口的实在情形，但是什么也没有得着；失望之余，很觉得人家是瞧不起他哪。但是女人少说话，却当别论；因为一般女人总比男人害臊，一害臊自然说不出什么了。再说，传统的压迫也太厉害；你想男人好说话，还不算好男人，女人好说话还了得！（王熙凤算是会说话的，可是在《红楼梦》里，她并不算是个好女人）可是——现在若有会说话的女人，特别是压倒男人的会说话的女人，恭维的人就一定多；因为西方动的文明已经取东方静的文明而代之，"沉默寡言"虽有时还用得着，但是究竟不如"议论风生"的难能可贵了。

说起"议论风生"，在传统里原来也是褒辞。不过只是美才，而不是美德；若是以德论，这个怕也不足重轻罢。现在人也还是看作美才，只不过看得重些罢了。

"议论风生"并不只是口才好；得有材料，有见识，有机智才成——口才不过机智，那是不够的。这个并不容易办到；我们平人所能做的只是在普通情形之下，多说几句话，不要太冷落场面就是。——许多人喝下酒时生气时爱说话，但那是往往多谬误的。说话也有两路，一是游击式，一是包围式。有一回去看新从欧洲归国的两位先生，他们都说了许多话。甲先生从客人的话里选择题目，每个题目说不上几句话就牵引到别的上去。当时觉得也还有趣，过后却什么也想不出。乙先生也从客人的话里选题目，可是他却粘在一个题目上，只叙说在欧洲的情形。他并不用什么机智，可是说得很切实，让客人觉着有所得而去。他的殷勤，客人在口头在心上，都表示着谢意。

普通说话大概都用游击式；包围式组织最难，多人不能够，也不愿意去尝试。再说游击式可发可收，爱听就多说些，不爱听就少说些；我们这些人许犯贫嘴到底还不至于的。要说像"哑妻"那样，不过是法朗士的牢骚，事实上大致不会有。倒是有像老太太的，一句话重三倒四地说，也不管人家耳朵里长茧不长。这一层最难，你得记住哪些话在哪些人面前说过，才不至于说重了。有时候最难为情的是，你刚开头儿，人家就客客气气地问："啊，后来是不是怎样怎样的？"包围式可麻烦得多。最麻烦的是人多的时候，说得半半拉拉的，大家或者交头接耳说他们自己的私话，或者打盹儿，或者东看看西看看，轻轻敲着指头想别的，或者勉强打起精神对付着你。这时候你一个人霸占着全场，说下去太无聊，不说呢，又收不住，真是骑虎之势。大概这种说话，人越多，时候越不宜长；各人的趣味不同，决不能老听你的——换题目另说倒成。说得也不宜太慢，太慢了怎么也显得长。曾经听过两位著名会说话的人说故事，大约因为唤起注意的缘故罢，加了好些个助词，慢慢地叙过去，足有十多分钟，算是完了；大家虽不至疲倦，却已暗中着急。声音也不宜太平，太平了就单调；但又丝毫不能做作。这种说话只宜叙说或申说，不能掺一些教导气或劝导气。长于演说的人往往免不了这两种气味。有个朋友说某先生口才太好，教人有戒心，就是这个意思。所以包围式说话要靠天才，我们平人只能学学游击式，至多规模较大而已。——我们在普通情形之下，只不要像林之孝家两口子"一锥子扎不出话来"，也就行了。

原载一九三四年八月八日天津《大公报·文艺副刊》
第九十一期

关于狗的回忆

傅　雷

　　当同学们在饭厅里吃饭，或是吃完饭走出饭堂的时候，在桌子与桌子中间，凳子与凳子中间，常常可以碰到一两只俯着头寻找肉骨的狗，拦住他们的去路。他们为维持人类的尊严起见，便冷不防地给它一脚，——On Lee 一声，它自知理屈地一溜烟逃了。

　　On Lee 一声，对于那位维持人类尊严的同学，固然是一种胜利的表示，对于别的自称"万物之灵"的同学，或许也有一种骄傲的心理。可是对于我，这个胆怯者，弱者，根本不知道"人类尊严"的人，却是一个大大的刺激。或者是神经衰弱的缘故吧！有时候，这一声竟会使我突然惊跳起来，使同座的 E 放了饭碗，奇怪地问我。

为了这件小小的事情，在饭后的谈话中，我便讲起我三年前的一篇旧稿来：

那时我还在 W 校读书，照他们严格的教会教育，每天饭后须得玩球的，无论会的，不会的，大的，小的，强者，弱者；凡是在一院里的，统得在一处玩，这是同其他的规则一样，须绝对遵守的。

一天下午，大家正照常地在草地上玩着足球，呼喊声，谈话声，相骂声，公正人的口笛声……杂在一堆，把沉寂的下午，充满着一种兴奋的热烈的空气。

忽然地，不知从什么地方进来了一条黄狗，它还没有定定神舒舒气的时候，早已被一个同学发现了。……一个……两个……四个发见了！噪逐起来了！

十个，二十个……地噪逐起来了。有的已拾了路旁的竹竿，或树枝当作武器了。

霎时全场的空气都变了。球是不知道到了哪里去了，全体的人发疯似的像追逐宝贝似的噪逐着。

兴高采烈的教士——运动场上的监学——也呆立着，只睁着眼看着大家如醉如狂地追逐着一条拼命飞奔的狗。

它早已吓昏了，还能寻出来路而逃走吗？它只是竖起耳朵，拖着尾巴，像无头苍蝇一样地满场乱跑。雨点般的砖头，石子，不住地中在它的头上，背上，……它是真所谓"忙忙如丧家之犬"了！

渐渐地给包围起来了，当它几次要想从木栅门中钻出去而不能之后。而且，那时它已吃了几下笨重的棍击和迅急的鞭打。

不知怎样的，它竟冲出重围，而逃到茅厕里去了。

霎时，茅厕外面的走廊中聚满了一大堆战士。

"好！茅厕里去了！"一个手持树枝的同学喊道。

"那……最好了！"又一个上气不接下气地回答着。

"自己讨死，……快进去吧！"

茅厕的门开了，便发见它钻在两间茅厕的隔墙底下，头和颈在隔壁，身子和尾巴在这一边。

可怜的东西，再也没处躲闪了，结实的树枝的鞭挞抽打！它只是一声不响地拼命地挨，想把身子也挨过墙去。

当当的钟声救了它，把一群恶人都唤了去。

当我们排好队伍，走过茅厕的时候，一些声音也没有。虽然学生很守规矩，很静默地走着，但我们终听不到狗的动静。

当我们刚要转弯进课堂的时候，便看见三四个校役肩着扁担，拿着绳子，迎面奔来，说是收拾它去了。

果然，当三点下课，我们去小便的时候，那条狗早已不在了，茅厕里只有几处殷红的血迹，很鲜明地在潮湿的水门汀上发光，在墙根还可寻出几丛黄毛。除此之外，再也没有狗的什么遗迹了。

一直到晚上，没有一个同学提起过这件事。

隔了两天，从一个接近校役的同学中听到了几句话：

"一张狗皮换了两斤高粱，还有剩钱大家分润！"

"狗肉真香！……比猪肉要好呢！昨天他们烧了，也送我一碗吃呢。啊！那味儿真不错！"

我那时听了，不禁愤火中烧，恨不得拿手枪把他们——凶手——一个个打死！

于是我就做了一篇东西，题目就叫"勃郎林"。大骂了一场，自以为替狗出了一口冤气。

那篇旧稿，早已不知道到哪里去了。可是那件事情，回忆起来，至今还叫我有些余愤呢！……

我讲完了，叹了一口气，向室中一望：Ly已在打盹了。S

正对着我很神秘地微笑着,好像对我说:

"好了!说了半天,不过一只死狗!也值得大惊小怪的吗?"

我不禁有些怅然了!

一九二六年十二月十五日深夜草毕

落花生

许地山

我们家的后园有半亩空地。母亲说:"让它荒着怪可惜的,你们那么爱吃花生,就开辟出来种花生吧。"我们姐弟几个都很高兴,买种,翻地,播种,浇水,没过几个月,居然收获了。

母亲说:"今晚我们过一个收获节,请你们的父亲也来尝尝我们的新花生,好不好?"

母亲把花生做成了好几样食品,还吩咐就在后园的茅亭里过这个节。

那晚上天色不大好。可是父亲也来了,实在很难得。

父亲说:"你们爱吃花生吗?"

我们争着答应："爱！"

"谁能把花生的好处说出来？"

姐姐说："花生的味儿美。"

哥哥说："花生可以榨油。"

我说："花生的价钱便宜，谁都可以买来吃，都喜欢吃。这就是它的好处。"

父亲说："花生的好处很多，有一样最可贵：它的果实埋在地里，不像桃子、石榴、苹果那样，把鲜红嫩绿的果实高高地挂在枝头上，使人一见就生爱慕之心。你们看它矮矮地长在地上，等到成熟了，也不能立刻分辨出来它有没有果实，必须挖起来才知道。"

我们都说是，母亲也点点头。

父亲接下去说："所以你们要像花生，它虽然不好看，可是很有用。"

我说："那么，人要做有用的人，不要做只讲体面，而对别人没有好处的人。"

父亲说："对。这是我对你们的希望。"

我们谈到深夜才散。花生做的食品都吃完了，父亲的话却深深地印在我的心上。

四 人生如寄，苦中作乐

随遇而安

汪曾祺

我当了一回右派,真是三生有幸。要不然我这一生就更加平淡了。

我不是一九五七年打成右派的,是一九五八年"补课"补上的,因为本系统指标不够。划右派还要有"指标",这也有点奇怪。这指标不知是一个什么人所规定的。

一九五七年我曾经因为一些言论而受到批判,那是作为思想问题来批判的。在小范围内开了几次会,发言都比较温和,有的甚至可以说很亲切。事后我还是照样编刊物,主持编辑部的日常工作,还随单位的领导和几个同志到河南林县调查过一次民歌。那次出差，给我买了一张软席卧铺车票，我才知道我已经享受"高干"待遇了。第一次坐软卧，心里很不安。我们在洛阳吃了黄河鲤鱼，随即到林县的红旗渠看了两三天。凿通了太行山，把漳河水引到河南来，水在山腰的石渠中活活地流着，很叫人感动。收集了不少民歌。有的民歌很有农民式的浪漫主义的想象，如想到将来渠里可以有"水猪""水羊"，想到将来少男少女都会长得很漂亮。上了一次中岳嵩山。这里运载石料的交通工具主要是用人力拉的排子车，特别处是在车上装了一面帆，布帆受风，拉起来轻快得多。帆本是船上用的，这里却施之陆行的板车上，给我十分新鲜的印象。我们去的时候正是桐花盛开的季节，漫山遍野摇曳着淡紫色的繁花，如同梦境。从林县出来，有一条小河。河的一面是峭壁，一面是平野，岸边密植杨柳，河水清澈，沁人心脾。我好像曾经见过这条河，以后还会看到这样的河。这次旅行很愉快，我和同志们也相处得很融洽，没有一点隔阂，一点别扭。这次批判没有使我觉得受了伤害，没有留下阴影。

一九五八年夏天，一天（我这人很糊涂，不记日记，许多事都记不准时间），我照常去上班，一上楼梯，过道里贴满了围攻我的大字报。要拔掉编辑部的"白旗",措辞很激烈,已经出现"右派"字样。我顿时傻了。运动,都是这样:突然袭击。其实背后已经策划了一些日子,开了几次会,做了充分的准备,只是本人还蒙在鼓里,什么也不知道。这可以说是暗算。但愿这种暗算以后少来,这实在是很伤人的。如果当时量一量血压,一定会猛然增高。我是有实际数据的。"文化大革命"中我一天早上看到一批侮辱性的大字报,到医务所量了量血压,低压110,高压170。平常我的血压是相当平稳正常的,90—130。我觉得卫生部应该发一个文件:为了保障人民的健康,不要再搞突然袭击式的政治运动。

开了不知多少次批判会。所有的同志都发了言。不发言是不行的。我规规矩矩地听着,记录下这些发言。这些发言我已经完全都忘了,便是当时也没有记住,因为我觉得这好像不是说的我,是说的另外一个别的人,或者是一个根本不存在的、假设的、虚空的对象。有两个发言我还留下印象。我为一组义和团故事写过一篇读后感,题目是《仇恨·轻蔑·自豪》。这位同志说:"你对谁仇恨?轻蔑谁?自豪什么?"我发表过一组极短的诗,其中有一首《早春》,原文如下:

（新绿是朦胧的，飘浮在树杪，完全不像是叶子……）

　　远树绿色的呼吸。

　　批判的同志说：连呼吸都是绿的了，你把我们的社会主义社会污蔑到了什么程度？！听到这样的批判，我只有停笔不记，愣在那里。我想辩解两句，行么？当时我想：鲁迅曾说费厄泼赖应该缓行，现在本来应该到了可行的时候，但还是不行。中国大概永远没有费厄的时候。所谓"大辩论"，其实是"大辩认"，他辩你认。稍微辩解，便是"态度问题"。态度好，问题可以减轻；态度不好，加重。问题是问题，态度是态度，问题大小是客观存在，怎么能因为态度如何而膨大或收缩呢？许多错案都是因为本人为了态度好而屈认，而造成的。假如再有运动（阿弥陀佛，但愿真的不再有了），对实事求是、据理力争的同志应予表扬。

　　开了多次会，批判的同志实在没有多少可说的了。那两位批判"仇恨·轻蔑·自豪"和"绿色的呼吸"的同志当然也知道这样的批判是不能成立的。批判"绿色的呼吸"的同志本人是诗人，他当然知道诗是不能这样引申解释的。他们也是没话找话说,不得已。我因此觉得开批判会对被批判者是过关,对批判者也是过关。他们也并不好受。因此,我当时就对他们没有怨恨,甚至还有点同情。我们以前是朋友,以后的关系也不错。我记下这两个例子,只是说明批判是一出荒诞戏剧,如莎士比亚说,所有的上场的人都只是角色。

我在一篇写右派的小说里写过:"写了无数次检查,听了无数次批判……她不再觉得痛苦,只是非常的疲倦。她想:定一个什么罪名,给一个什么处分都行,只求快一点,快一点过去,不要再开会,不要再写检查。"这是我的亲身体会。其实,问题只是那一些,只要写一次检查,开一次会,甚至一次会不开,就可以定案。但是不,非得开够了"数"不可。原来运动是一种疲劳战术,非得把人搞得极度疲劳,身心交瘁,丧失一切意志,瘫软在地上不可。我写了多次检查,一次比一次更没有内容,更不深刻,但是我知道,就要收场了,因为大家都累了。

结论下来了:定为一般右派,下放农村劳动。

我当时的心情是很复杂的。我在那篇写右派的小说里写道:"……她带着一种奇怪的微笑。"我那天回到家里,见到爱人说:"定成右派了",脸上就是带着这种奇怪的微笑的。我也不知道我为什么要笑。

我想起金圣叹。金圣叹在临刑前给人写信,说:"杀头,至痛也,而圣叹于无意中得之,亦奇。"有人说这不可靠。金圣叹给儿子的信中说:"字谕大儿知悉,花生米与豆腐干同嚼,有火腿滋味。"有人说这更不可靠。我以前也不大相信,临刑之前,怎能开这种玩笑?现在,我相信这是真实的。人到极其无可奈何的时候,往往会生出这种比悲号更为沉痛的滑稽感,鲁迅说金圣叹"化屠夫的凶残为一笑",鲁迅没有被杀过头,也没有当过右派,他没有这种体验。

另一方面,我又是真心实意地认为我是犯了错误,是有罪的,是需要改造的。我下放劳动的地点是张家口沙岭子。离家前我爱人单位正在搞军事化,受军事训练,她不能请假回来送我。我留了一个条子:"等我五年,等我改造好了回来。"就背起行李,上了火车。

右派的遭遇各不相同,有幸有不幸。我这个右派算是很幸运的,没有受多少罪,我下放的单位是一个地区性的农业科学研究所。所里有不少技师、技术员,所领导对知识分子是了解的,只是在干部和农业工人的组长一级介绍了我们的情况(和我同时下放到这里的还有另外几个人),并没有在全体职工面前宣布我们的问题。不少农业工人（也就是农民）不知道我们是来干什么的，只说是毛主席叫我们下来锻炼锻炼的。因此，我们并未受到歧视。

初干农活，当然很累。像起猪圈、刨冻粪这样的重活，真够一呛。我这才知道"劳动是沉重的负担"这句话的意义。但还是咬着牙挺过来了。我当时想：只要我下一步不倒下来，死掉，我就得拼命地干。大部分的农活我都干过，力气也增长了，能够扛一百七十斤重的一麻袋粮食稳稳地走上和地面成四十五度角那样陡的高坡。后来相对固定在果园上班。果园的活比较轻松，也比"大田"有意思。最常干的活是给果树喷波尔多液。硫酸铜加石灰，对上适量的水，便是波尔多液，颜色浅蓝如晴空，很好看。喷波尔多液是为了防治果树病害，是常年要喷的。喷波尔多液是个细致活。不能喷得太少，太少了不起作用；不能太多，太多了果树叶子挂不住，流了。叶面、叶背都得喷到。许多工人没这个耐心，于是喷波尔多液的工作大部分落在我的头上，我成了喷波尔多液的能手。喷波尔多液次数多了，我的几件白衬衫都变成了浅蓝色。

我们和农业工人干活在一起，吃住在一起。晚上被窝挨着被窝睡在一铺大炕上。农业工人在枕头上和我说了一些心里话，没有顾忌。我这才比较切近地观察了农民，比较知道中国的农村、中国的农民是怎么一回事。这对我确立以后的生活态度和写作态度是很有好处的。

我们在下面也有文娱活动。这里兴唱山西梆子（中路梆子），工人里不少都会唱两句。我去给他们化装。原来唱旦角的都是用粉妆——鹅蛋粉、胭脂、黑锅烟子描眉。我改成用戏剧油彩，这比粉妆要漂亮得多。我勾的脸谱比张家口专业剧团的"黑"（山西梆子谓花脸为"黑"）还要干净讲究。遇春节，沙岭子堡（镇）闹社火，几个年轻的女工要去跑旱船，我用油底浅妆把她们一个个打扮得如花似玉，轰动一堡，几个女工高兴得不得了。我们和几个职工还合演过戏，我记得演过的有小歌剧《三月三》、崔嵬的独幕话剧《十六条枪》。一年除夕，在"堡"里演话剧，海报上特别标出一行字：

台上有布景

这里的老乡还没有见过个布景。这布景是我们指导着一个木工做的。演完戏，我还要赶火车回北京。我连装都没卸干净，就上了车。

一九五九年底给我们几个人作鉴定，参加的有工人组长和部分干部。工人组长一致认为：老汪干活不藏奸，和群众关系好，"人性"不错，可以摘掉右派帽子。所领导考虑，才下来一年，太快了，再等一年吧。这样，我就在一九六〇年在交了一个思想总结后，经所领导宣布：摘掉右派帽子，结束劳动。暂时无接收单位，在本所协助工作。

我的"工作"主要是画画。我参加过地区农展会的美术工作（我用多种土农药在展览牌上粘贴出一幅很大的松鹤图，色调古雅，这里的美术中专的一位教员曾特别带着学生来观摩）；我在所里布置过"超声波展览馆"（"超声波"怎样用图像表现？声波是看不见的，没有办法，我就画了农林牧副渔多种产品，上面一律用圆规蘸白粉画了一圈又一圈同心圆）。我的"巨著"，是画了一套《中国马铃薯图谱》。这是所里给我的任务。

这个所有一个下属单位"马铃薯研究站"，设在沽源。为什么设在沽源？沽源在坝上，是高寒地区（有一年下大雪，沽源西门外的积雪跟城墙一般高）。马铃薯本是高寒地带的作物。马铃薯在南方种几年，就会退化，需要到坝上调种。沽源是供应全国薯种的基地，研究站设在这里，理所当然。这里集中了全国各地、各个品种的马铃薯，不下百来种，我在张家口买了纸、颜色、笔,带了在沙岭子新华书店买得的《癸巳类稿》《十驾斋养新录》和两册《容斋随笔》(沙岭子新华书店进了这几种书也很奇怪,如果不是我买,大概永远也卖不出去),就坐长途汽车,奔向沽源,其时在八月下旬。

我在马铃薯研究站画《图谱》,真是神仙过的日子。没有领导,不用开会,就我一个人,自己管自己。这时正是马铃薯开花,我每天踅着露水,到试验田里摘几丛花,插在玻璃杯里,对着花描画。我曾经给北京的朋友写过一首长诗,叙述我的生活。全诗已忘,只记得两句:

坐对一丛花,
眸子炯如虎。

下午,画马铃薯的叶子。天渐渐凉了,马铃薯陆续成熟,就开始画薯块。画一个整薯,还要切开来画一个剖面,一块马铃薯画完了,薯块就再无用处,我于是随手埋进牛粪火里,烤烤,吃掉。我敢说,像我一样吃过那么多品种的马铃薯的,全国盖无第二人。

沽源是绝塞孤城。这本来是一个军台。清代制度,大臣犯罪，往往由帝皇批示"发往军台效力"，这处分比充军要轻一些（名曰"效力"，实际上大臣自己并不去，只是闲住在张家口，花钱雇一个人去军台充数）。我于是在《容斋随笔》的扉页上，用朱笔画了一方图章，文曰：

效力军台

白天画画，晚上就看我带去的几本书。

一九六二年初，我调回北京，在北京京剧团担任编剧，直至离休。

摘掉右派分子帽子，不等于不是右派了。"文革"期间，有人来外调，我写了一个旁证材料。人事科的同志在材料上加了批注：

该人是摘帽右派。所提供情况，仅供参考。

我对"摘帽右派"很反感，对"该人"也很反感。"该人"跟"该犯"差不了多少。我不知道我们的人事干部从什么地方学来的这种带封建意味的称谓。

"文化大革命",我是本单位第一批被揪出来的,因为有"前科"。

"文革"期间给我贴的大字报,标题是:

老右派,新表演

我搞了一些时期"样板戏",江青似乎很赏识我,于是忽然有一天宣布:"汪曾祺可以控制使用。"这主要当然是因为我曾是右派。在"控制使用"的压力下搞创作,那滋味可想而知。

一直到一九七九年给全国绝大多数右派分子平反,我才算跟右派的影子告别。我到原单位去交材料,并向经办我的专案的同志道谢:"为了我的问题的平反,你们做了很多工作,麻烦你们了,谢谢!"那几位同志说:"别说这些了吧!二十年了!"

有人问我:"这些年你是怎么过来的?"他们大概觉得我的精神状态不错,有些奇怪,想了解我是凭仗什么力量支持过来的。我回答:

"随遇而安。"

丁玲同志曾说她从被划为右派到北大荒劳动,是"逆来顺受"。我觉得这太苦涩了,"随遇而安",更轻松一些。"遇",当然是不顺的境遇,"安",也是不得已。不"安",又怎么着呢?既已如此,何不想开些。如北京人所说:"哄自己玩儿。"当然,也不完全是哄自己。生活,是很好玩的。

随遇而安不是一种好的心态,这对民族的亲和力和凝聚力是会产生消极作用的。这种心态的产生,有历史的原因(如受老庄思想的影响),本人气质的原因(我就不是具有抗争性格的人),但是更重要的是客观,是"遇",是环境的,生活的,尤其是政治环境的原因。中国的知识分子是善良的。曾被打成右派的那一代人,除了已经死掉的,大多数都还在努力地工作。他们的工作的动力,一是要证实自己的价值。人活着,总得做一点事。二是对生我养我的故国未免有情。但是,要恢复对在上者的信任,甚至轻信,恢复年轻时的天真的热情,恐怕是很难了。他们对世事看淡了,看透了,对现实多多少少是疏离的。受过伤的心总是有瘗的。人的心,是脆的。

这是没有办法的事。

为政临民者,可不慎乎。

一九九一年一月三十一日

跑警报

汪曾祺

西南联大有一位历史系的教授,——听说是雷海宗先生,他开的一门课因为讲授多年,已经背得很熟,上课前无须准备;下课了,讲到哪里算哪里,他自己也不记得。每回上课,都要先问学生:"我上次讲到哪里了?"然后就滔滔不绝地接着讲下去。班上有个女同学,笔记记得最详细,一句不落。雷先生有一次问她:"我上一课最后说的是什么?"这位女同学打开笔记夹,看了看,说:"您上次最后说:'现在已经有空袭警报,我们下课。'"

这个故事说明昆明警报之多。我刚到昆明的头二年，一九三九、一九四〇年，三天两头有警报。有时每天都有，甚至一天有两次。昆明那时几乎说不上有空防力量，日本飞机想什么时候来就什么时候来。有时竟至在头一天广播：明天将有二十七架飞机来昆明轰炸。日本的空军指挥部还真言而有信，说来准来！

一有警报，别无他法，大家就都往郊外跑，叫作"跑警报"。"跑"和"警报"联在一起，构成一个语词，细想一下，是有些奇特的，因为所跑的并不是警报。这不像"跑马""跑生意"那样通顺。但是大家就这么叫了，谁都懂，而且觉得很合适。也有叫"逃警报"或"躲警报"的，都不如"跑警报"准确。"躲"，太消极；"逃"又太狼狈。唯有这个"跑"字于紧张中透出从容，最有风度，也最能表达丰富生动的内容。

有一个姓马的同学最善于跑警报。他早起看天，只要是万里无云，不管有无警报，他就背了一壶水，带点吃的，夹着一卷温飞卿或李商隐的诗，向郊外走去。直到太阳偏西，估计日本飞机不会来了，才慢慢地回来。这样的人不多。

警报有三种。如果在四十多年前向人介绍警报有几种，会被认为有"神经病"，这是谁都知道的。然而对今天的青年，却是一项新的课题。一曰"预行警报"。

联大有一个姓侯的同学,原系航校学生,因为反应迟钝,被淘汰下来,读了联大的哲学心理系。此人对于航空旧情不忘,曾用黄色的"标语纸"贴出巨幅"广告",举行学术报告,题曰《防空常识》。他不知道为什么对警报特别敏感。他正在听课,忽然跑了出去,站在新校舍的南北通道上,扯起嗓子大声喊叫:"现在有预行警报,五华山挂了三个红球!"可不!抬头望南一看,五华山果然挂起了三个很大的红球。五华山是昆明的制高点,红球挂出,全市皆见。我们一直很奇怪:他在教室里,正在听讲,怎么会"感觉"到五华山挂了红球呢?——教室的门窗并不都正对五华山。

一有预行警报,市里的人就开始向郊外移动。住在翠湖迤北的,多半出北门或大西门,出大西门的似尤多。大西门外,越过联大新校门前的公路,有一条由南向北的用浑圆的石块铺成的宽可五六尺的小路。这条路据说是古驿道,一直可以通到滇西。路在山沟里。平常走的人不多。常见的是驮着盐巴、碗糖或其他货物的马帮走过。赶马的马锅头侧身坐在木鞍上,从齿缝里咝咝地吹出口哨(马锅头吹口哨都是这种吹法,没有撮唇而吹的),或低声唱着呈贡"调子":

哥那个在至高山那个放呀放放牛，

妹那个在至花园那个梳那个梳梳头。

哥那个在至高山那个招呀招招手，

妹那个在至花园点那个点点头。

这些走长道的马锅头有他们的特殊装束。他们的短褂外都套了一件白色的羊皮背心，脑后挂着漆布的凉帽，脚下是一双厚牛皮底的草鞋状的凉鞋，鞋帮上大都绣了花，还钉着亮晶晶的"鬼眨眼"亮片。——这种鞋似只有马锅头穿，我没见从事别种行业的人穿过。马锅头押着马帮，从这条斜阳古道上走过，马项铃哗棱哗棱地响，很有点浪漫主义的味道，有时会引起远客的游子一点淡淡的乡愁……

有了预行警报，这条古驿道就热闹起来了。从不同方向来的人都涌向这里，形成了一条人河。走出一截，离市区较远了，就分散到古道两旁的山野，各自寻找一个合适的地方待下来，心平气和地等着，——等空袭警报。

联大的学生见到预行警报，一般是不跑的，都要等听到空袭警报：汽笛声一短一长，才动身。新校舍北边围墙上有一个后门，出了门，过铁道（这条铁道不知起讫地点，从来也没见有火车通过），就是山野了。要走，完全来得及。——所以雷先生才会说"现在已经有空袭警报"。只有预行警报，联大师生一般都是照常上课的。

跑警报大都没有准地点，漫山遍野。但人也有习惯性，跑惯了哪里，愿意上哪里。大多是找一个坟头，这样可以靠靠。昆明的坟多有碑，碑上除了刻下坟主的名讳，还刻出"山向"，并开出坟茔的"四至"。这风俗我在别处还未见过。这大概也是一种古风。

说是漫山遍野，但也有几个比较集中的"点"。古驿道的一侧，靠近语言研究所资料馆不远，有一片马尾松林，就是一个点。这地方除了离学校近，有一片碧绿的马尾松，树下一层厚厚的干了的松毛，很软和，空气好，——马尾松挥发出很重的松脂气味，晒着从松枝间漏下的阳光，或仰面看松树上面的蓝得要滴下来的天空，都极舒适外，是因为这里还可以买到各种零吃。昆明做小买卖的，有了警报，就把担子挑到郊外来了。五味俱全，什么都有。最常见的是"丁丁糖"。"丁丁糖"即麦芽糖，也就是北京人祭灶用的关东糖，不过做成一个直径一尺多，厚可一寸许的大糖饼，放在四方的木盘上，有人掏钱要买，糖贩即用一个刨刃形的铁片揳入糖边，然后用一个小小铁锤，一击铁片，丁的一声，一块糖就震裂下来了——所以叫作"丁丁糖"。其次是炒松子。昆明松子极多，个大皮薄仁饱，很香，也很便宜。我们有时能在松树下面捡到一个很大的成熟了的生的松球，就掰开鳞瓣，一颗一颗地吃起来。——那时候，我们的牙都很好，那么硬的松子壳，一嗑就开了！

另一个集中点比较远，得沿古驿道走出四五里，驿道右侧较高的土山上有一横断的山沟（大概是哪一年地震造成的），沟深约三丈，沟口有二丈多宽，沟底也宽有六七尺。这是一个很好的天然防空沟，日本飞机若是投弹，只要不是直接命中，落在沟里，即便是在沟顶上爆炸，弹片也不易崩进来。机枪扫射也不要紧，沟的两壁是死角。这道沟可以容数百人。有人常到这里，就利用闲空，在沟壁上修了一些私人专用的防空洞，大小不等，形式不一。这些防空洞不仅表面光洁，有的还用碎石子或碎瓷片嵌出图案，缀成对联。对联大都有新意。我至今记得两副，一副是：

人生几何

恋爱三角

一副是：

见机而作

入土为安

对联的嵌缀者的闲情逸致是很可叫人佩服的。前一副也许是有感而发，后一副却是纪实。

警报有三种。预行警报大概是表示日本飞机已经起飞。拉空袭警报大概是表示日本飞机进入云南省境了，但是进云南省不一定到昆明来。等到汽笛拉了紧急警报：连续短音，这才可以肯定是朝昆明来的。空袭警报到紧急警报之间，有时要间隔很长时间，所以到了这里的人都不忙下沟，——沟里没有太阳，而且过早地像云冈石佛似的坐在洞里也很无聊，大都先在沟上看书、闲聊、打桥牌。很多人听到紧急警报还不动，因为紧急警报后日本飞机也不定准来，常常是折飞到别处去了。要一直等到看见飞机的影子了，这才一骨碌站起来，下沟，进洞。联大的学生，以及住在昆明的人，对跑警报太有经验了，从来不仓皇失措。

上举的前一副对联或许是一种泛泛的感慨，但也是有现实意义的。跑警报是谈恋爱的机会。联大同学跑警报时，成双作对的很多。空袭警报一响，男的就在新校舍的路边等着，有时还提着一袋点心吃食，宝珠梨、花生米……他等的女同学来了，"嗨！"于是欣然并肩走出新校舍的后门。跑警报说不上是同生死，共患难，但隐隐约约有那么一点危险感，和看电影、遛翠湖时不同。这一点危险感使两方的关系更加亲近了。女同学乐于有人伺候，男同学也正好殷勤照顾，表现一点骑士风度。正如孙悟空在高老庄所说："一来医得眼好，二来又照顾了郎中，这是凑四合六的买卖。"从这点来说，跑警报是颇为罗曼蒂克的。有恋爱，就有三角，有失恋。跑警报的"对儿"并非总是固定的，有时一方被另一方"甩"了，两人"吹"了，"对儿"就要重新组合。写（姑且叫作"写"吧）那副对联的，大概就是一位被"甩"的男同学。不过，也不一定。

警报时间有时很长，长达两三个小时，也很腻歪。紧急警报后，日本飞机轰炸已毕，人们就轻松下来。不一会儿，"解除警报"响了：汽笛拉长音，大家就起身拍拍尘土，络绎不绝地返回市里。也有时不等解除警报，很多人就往回走：天上起了乌云，要下雨了。一下雨，日本飞机不会来。在野地里被雨淋湿，可不是事！一有雨，我们有一个同学一定是一马当先往回奔，就是前面所说那位报告预行警报的姓侯的。他奔回新校舍，到各个宿舍搜罗了很多雨伞，放在新校舍的后门外，见有女同学来，就递过一把。他怕这些女同学挨淋。这位侯同学长得五大三粗，却有一副贾宝玉的心肠。大概是上了吴雨僧先生的《红楼梦》的课，受了影响。侯兄送伞，已成定例。警报下雨，一次不落。名闻全校，贵在有恒。——这些伞，等雨住后他还会到南院女生宿舍去敛回来，再归还原主的。

跑警报，大都要把一点值钱的东西带在身边。最方便的是金子——金戒指。有一位哲学系的研究生曾经作了这样的逻辑推理：有人带金子，必有人会丢掉金子，有人丢金子，就会有人捡到金子，我是人，故我可以捡到金子。因此，他跑警报时，特别是解除警报以后，每次都很留心地巡视路面。他当真两次捡到过金戒指！逻辑推理有此妙用，大概是教逻辑学的金岳霖先生所未料到的。

联大师生跑警报时没有什么可带，因为身无长物，一般大都是带两本书或一册论文的草稿。有一位研究印度哲学的金先生每次跑警报总要提了一只很小的手提箱。箱子里不是什么别的东西，是一个女朋友写给他的信——情书。他把这些情书视如性命，有时也会拿出一两封来给别人看。没有什么不能看的，因为没有卿卿我我的肉麻的话，只是一个聪明女人对生活的感受，文字很俏皮，充满了英国式的机智，是一些很漂亮的Essay，字也很秀气。这些信实在是可以拿来出版的。金先生辛辛苦苦地保存了多年，现在大概也不知去向了，可惜。我看过这个女人的照片，人长得就像她写的那些信。

联大同学也有不跑警报的，据我所知，就有两人。一个是女同学，姓罗。一有警报，她就洗头。别人都走了，锅炉房的热水没人用，她可以敞开来洗，要多少水有多少水！另一个是一位广东同学，姓郑。他爱吃莲子。一有警报，他就用一个大漱口缸到锅炉火口上去煮莲子。警报解除了，他的莲子也烂了。有一次日本飞机炸了联大，昆明北院、南院，都落了炸弹，这位郑老兄听着炸弹乒乒乓乓在不远的地方爆炸，依然在新校舍大图书馆旁的锅炉上神色不动地搅和他的冰糖莲子。

抗战期间，昆明有过多少次警报，日本飞机来过多少次，无法统计。自然也死了一些人，毁了一些房屋。就我的记忆，大东门外，有一次日本飞机机枪扫射，田地里死的人较多。大西门外小树林里曾炸死了好几匹驮木柴的马。此外似无较大伤亡。警报、轰炸，并没有使人产生血肉横飞，一片焦土的印象。

日本人派飞机来轰炸昆明，其实没有什么实际的军事意义，用意不过是吓唬吓唬昆明人，施加威胁，使人产生恐惧。他们不知道中国人的心理是有很大的弹性的，不那么容易被吓得魂不附体。我们这个民族，长期以来，生于忧患，已经很"皮实"了，对于任何猝然而来的灾难，都用一种"儒道互补"的精神对待之。这种"儒道互补"的真髓，即"不在乎"。这种"不在乎"精神，是永远征不服的。

为了反映"不在乎"，作《跑警报》。

一九八四年十二月六日

小　病

老　舍

　　大病往往离死太近，一想便寒心，总以不患为是。即使承认病死比杀头活埋剥皮等死法光荣些，到底好死不如歹活着。半死不活的味道使盖世的英雄泪下如涌呀。拿死吓唬任何生物是不人道的。大病专会这么吓唬人，理当回避，假若不能扫除净尽。

　　可是小病便当另作一说了。山上的和尚思凡，比城里的学生要厉害许多。同样，楚霸王不害病则没得可说，一病便了不得。生活是种律动，须有光有影，有左有右，有晴有雨；滋味就含在这变而不猛的曲折里。微微暗些，然后再明起来，则暗得有趣，而明乃更明；且至明过了度，忽然烧断，如百烛电灯泡然。这个，照直了说，便是小病的作用。常患些小病是必要的。

所谓小病，是在两种小药的能力圈内，阿司匹灵与清瘟解毒丸是也。这两种药所不治的病，顶好快去请大夫，或者立下遗嘱，备下棺材，也无所不可，咱们现在讲的是自己能当大夫的"小"病。这种小病，平均每个半月犯一次就挺合适。一年四季，平均犯八次小病，大概不会再患什么重病了。自然也有爱患完小病再患大病的人，那是个人的自由，不在话下。

咱们说的这类小病很有趣。健康是幸福；生活要趣味。所以应当讲说一番：

小病可以增高个人的身份。不管一家大小是靠你吃饭，还是你白吃他们，日久天长，大家总对你冷淡。假若你是挣钱的，你越尽责，人们越挑眼，好像你是条黄狗，见谁都得连忙摆尾；一尾没摆到，即使不便明言，也暗中唾你几口。不大离的你必得病一回，必得！早晨起来，哎呀，头疼！买清瘟解毒丸去，还有阿司匹灵吗？不在乎要什么，要的是这个声势，狗的地位提高了不知多少。连懂点事的孩子也要闭眼想想了——这棵树可是倒不得呀！你在这时节可以发散发散狗的苦闷了，卫生的要术。你若是个白吃饭的，这个方法也一样灵验。特别是妈妈与老嫂子，一见你真需要阿司匹灵，她们会知道你没得到你所应得的尊敬，必能设法安慰你：去听听戏，或带着孩子们看电影去吧？她们诚意地向你商量，本来你的病是吃小药饼或看电影都可以治好的，可是你的身份高多了呢。在朋友中，社会中，光景也与此略同。

此外，小病两日而能自己治好，是种精神的胜利。人就是别投降给大夫。无论国医西医，一律招惹不得。头疼而去找西医，他因不能断证——你的病本来不算什么——一定嘱告你住院，而后详加检验，发现了你的小脚指头不是好东西，非割去不可。十天之后，头疼确是好了，可是足指剩了九个。国医文明一些，不提小脚指头这一层，而说你气虚，一开便是二十味药，他越摸不清你的脉，越多开药，意在把病吓跑。就是不找大夫。预防大病来临，时时以小病发散之，而小病自己会治，这就等于"吃了萝卜喝热茶，气得大夫满街爬"！

有宜注意者：不当害这种病时，别害。头疼，大则失去一个王位，小则能惹出是非。设个小比方：长官约你陪客，你说头疼不去，其结果有不易消化者。怎样利用小病，须在全部生活艺术中搜求出来。看清机会，而后一想象，乃由无病而有病，利莫大焉。

这个,从实际上看,社会上只有一部分人能享受,差不多是一种雅好的奢侈。可是,在一个理想国里,人人应该有这个自由与享受。自然,在理想国内也许有更好的办法;不过,什么办法也不及这个浪漫,这是小品病。

原载一九三四年七月五日《人间世》第七期

有了小孩以后

老 舍

艺术家应以艺术为妻,实际上就是当一辈子光棍儿。在下闲暇无事,往往写些小说,虽一回还没自居过文艺家,却也感觉到家庭的累赘。每逢困于油盐酱醋的灾难中,就想到独人一身,自己吃饱便天下太平,岂不妙哉。

家庭之累,大半由儿女造成。先不用提教养的花费,只就淘气哭闹而言,已足使人心慌意乱。小女三岁,专会等我不在屋中,在我的稿子上画圈拉杠,且美其名曰"小济会写字"!把人要气没了脉,她到底还是有理!再不然,我刚想起一句好的，在脑中盘旋，自信足以愧死莎士比亚，假若能写出来的话。当是时也，小济拉拉我的肘，低声说："上公园看猴？"于是我至今还未成莎士比亚。小儿一岁整，还不会"写字"，也不晓得去看猴，但善亲亲，闭眼，张口展览上下四个小牙。我若没事，请求他闭眼，露牙，小胖子总会东指西指地打岔。赶到我拿起笔来，他那一套全来了，不但亲脸，闭眼，还"指"令我也得表演这几招。有什么办法呢？！

这还算好的。赶到小济午后不睡，按着也不睡，那才难办。到这么四点来钟吧，她的困闹开始，到五点钟我已没有人味。什么也不对，连公园的猴都变成了臭的，而且猴之所以臭，也应当由我负责。小胖子也有这种困而不睡的时候，大概多数是与小济同时发难。两位小醉鬼一齐找毛病，我就是诸葛亮恐怕也得唱空城计，一点办法没有！在这种干等束手被擒的时候，偏偏会来一两封快信——催稿子！我也只好闹脾气了。不大一会儿，把太太也闹急了，一家大小四口，都成了醉鬼，其热闹至为惊人。大人声言离婚，小孩怎说怎不是，于离婚的争辩中瞎打混。一直到七点后，二位小天使已困得动不得，离婚的宣言才无形地撤销。这还算好的。遇上小胖子出牙，那才真教厉害，不但白天没有情理，夜里还得上夜班。一会儿一醒，若被针扎了似的惊啼，他出牙，谁也不用打算睡。他的牙出利落了，大家全成了红眼虎。

不过，这一点也不妨碍家庭中爱的发展，人生的巧妙似乎就在这里。记得 Frank Harris 仿佛有过这么点记载：他说王尔德为那件不名誉的案子过堂被审，一开头他侃侃而谈，语多幽默。及至原告提出几个男妓作证人，王尔德没了脉，非失败不可了。Harris 以为王尔德必会说："我是个戏剧家，为观察人生，什么样的人都当交往。假若我不和这些人接触，我从哪里去找戏剧中的人物呢？"可是，王尔德竟自没这么答辩，官司就算输了！

把王尔德且放在一边；艺术家得多去经验，Harris 的意见，假若不是特为王尔德而发的，的确是不错。连家庭之累也是如此。还拿小孩们说吧——这才来到正题——爱他们吧，嫌他们吧，无论怎说，也是极可宝贵的经验。

在没有小孩的时候，一个人的世界还是未曾发现美洲的时候的。小孩是科仑布，把人带到新大陆去。这个新大陆并不很远，就在熟习的街道上和家里。你看，街市上给我预备的，在没有小孩的时候，似乎只有理发馆，饭铺，书店，邮政局等。我想不出婴儿医院，糖食店，玩具铺等等的意义。连药房里的许许多多婴儿用的药和粉,报纸上婴儿自己药片的广告,百货店里的小袜子小鞋,都显着多此一举,劳而无功。及至小天使自天飞降,我的眼睛似乎戴上了一双放大镜,街市依然那样,跟我有关系的东西可是不知增加了多少倍!婴儿医院不但挂着牌子,敢情里边还有医生呢。不但有医生,还是挺神气,一点也得罪不得。拿着医生所给的神符,到药房去,敢情那些小瓶子小罐都有作用。不但要买瓶子里的白汁黄面和各色的药饼,还得买瓶子罐子,轧粉的钵,量奶的漏斗,乳头,卫生尿布,玩意儿多多了!百货店里那些小衣帽,小家具,也都有了意义;原先以为多此一举的东西,如今都成了非它不行;有时候铺中缺乏了我所要的那一件小物品,我还大有看不起他们的意思:既是百货店,怎能不预备这件东西呢?!慢慢地,全街上的铺子,除了金店与古玩铺,都有了我的足迹;连当铺也走得怪熟。铺中人也渐渐熟识了,甚至可以随便闲谈,以小孩为中心,谈得颇有味儿。伙计们,掌柜们,原来不仅是站柜做买卖,家中还有小孩呢!有的铺子,竟自敢允许我欠账,仿佛一有了小孩,我的人格也好了些,能被人信任。三节的账条来得很踊跃,使我明白了过节过年的时候怎样出汗。

小孩使世界扩大,使隐藏着的东西都显露出来。非有小孩不能明白这个。看着别人家的孩子，肥肥胖胖，整整齐齐，你总觉得小孩们理应如此，一生下来就戴着小帽，穿着小袄，好像小雏鸡生下来就披着一身黄绒似的。赶到自己有了小孩，才能晓得事情并不这么简单。一个小娃娃身上穿戴着全世界的工商业所能供给的，给全家人以一切啼笑爱怨的经验，小孩的确是位小活神仙！

有了小活神仙，家里才会热闹。窗台上，我一向认为是摆花的地方。夏天呢，开着窗，风儿轻轻吹动花与叶，屋中一阵阵的清香。冬天呢，阳光射到花上，使全屋中有些颜色与生气。后来，有了小孩，那些花盆很神秘地都不见了，窗台上满是瓶子罐子，数不清有多少。尿布有时候上了写字台，奶瓶倒在书架上。大扫除才有了意义，是的，到时候非痛痛快快地收拾一顿不可了，要不然东西就有把人埋起来的危险。上次大扫除的时候，我由床底下找到了但丁的《神曲》。不知道这老家伙干吗在那里藏着玩呢！

人的数目也增多了，而且有很多问题。在没有小孩的时候，用一个仆人就够了，现在至少得用俩。以前，仆人"拿糖"，满可以暂时不用；没人做饭，就外边去吃，谁也不用拿捏谁。有了小孩，这点豪气趁早收起去。三天没人洗尿布，屋里就不要再进来人。牛奶等项是非有人管理不可，有儿方知卫生难，奶瓶子一天就得烫五六次；没仆人简直不行！有仆人就得捣乱，没办法！

好多没办法的事都得马上有办法，小孩子不会等着"国联"慢慢解决儿童问题。这就长了经验。半夜里去买药，药铺的门上原来有个小口，可以交钱拿药，早先我就不晓得这一招。西药房里敢情也打价钱，不等他开口，我就提出："还是四毛五？"这个"还是"使我省五分钱，而且落个行家。这又是一招。找老妈子有作坊，当票儿到期还可以入利延期，也都被我学会。没工夫细想，大概自从有了儿女以后，我所得的经验至少比一张大学文凭所能给我的多着许多。大学文凭是由课本里掏出来的，现在我却念着一本活书，没有头儿。

连我自己的身体现在都会变形，经小孩们的指挥，我得去装马装牛，还须装得像个样儿。不但装牛像牛，我也学会牛的忍性，小胖子觉得"开步走"有意思，我就得百走不厌；只作一回，绝对不行。多咱他改了主意，多咱我才能"立正"。在这里，我体验出母性的伟大，觉得打老婆的人们满该下狱。

中秋节前来了个老道，不要米，不要钱，只问有小孩没有？看见了小胖子，老道高了兴，说十四那天早晨须给小胖子左腕上系一根红线。备清水一碗,烧高香三炷,必能消灾除难。右邻家的老太太也出来看,老道问她有小孩没有,她惨淡地摇了摇头。到了十四那天,倒是这位老太太的提醒,小胖子的左腕上才拴了一圈红线。小孩子征服了老道与邻家老太太。一看胖手腕的红线,我觉得比写完一本伟大的作品还骄傲,于是上街买了两尊兔子王,感到老道、红线、兔子王,都有绝大的意义!

原载一九三六年十一月二十五日《谈风》第三期

儿 女

朱自清

我现在已是五个儿女的父亲了。想起圣陶喜欢用的"蜗牛背了壳"的比喻,便觉得不自在。新近一位亲戚嘲笑我说,"要剥层皮呢!"更有些悚然了。十年前刚结婚的时候,在胡适之先生的《藏晖室札记》里,见过一条,说世界上有许多伟大的人物是不结婚的;文中并引培根的话,"有妻子者,其命定矣。"当时确吃了一惊,仿佛梦醒一般;但是家里已是不由分说给娶了媳妇,又有甚么可说?现在是一个媳妇,跟着来了五个孩子;两个肩头上,加上这么重一副担子,真不知怎样走才好。"命定"是不用说了；从孩子们那一面说，他们该怎样长大，也正是可以忧虑的事。我是个彻头彻尾自私的人，做丈夫已是勉强，做父亲更是不成。自然，"子孙崇拜"，"儿童本位"的哲理或伦理，我也有些知道；既做着父亲，闭了眼抹杀孩子们的权利，知道是不行的。可惜这只是理论，实际上我是仍旧按照古老的传统，在野蛮地对付着，和普通的父亲一样。近来差不多是中年的人了，才渐渐觉得自己的残酷；想着孩子们受过的体罚和叱责，始终不能辩解——像抚摩着旧创痕那样，我的心酸溜溜的。有一回，读了有岛武郎《与幼小者》的译文，对了那种伟大的，沉挚的态度，我竟流下泪来了。去年父亲来信，问起阿九，那时阿九还在白马湖呢；信上说，"我没有耽误你，你也不要耽误他才好"。我为这句话哭了一场；我为什么不像父亲的仁慈？我不该忘记，父亲怎样待我们来着！人性许真是二元的，我是这样地矛盾；我的心像钟摆似的来去。

你读过鲁迅先生的《幸福的家庭》么？我的便是那一类的"幸福的家庭"！每天午饭和晚饭，就如两次潮水一般。先是孩子们你来他去地在厨房与饭间里查看，一面催我或妻发"开饭"的命令。急促繁碎的脚步，夹着笑和嚷，一阵阵袭来，直到命令发出为止。他们一递一个地跑着喊着，将命令传给厨房里用人；便立刻抢着回来搬凳子。于是这个说，"我坐这儿！"那个说，"大哥不让我！"大哥却说，"小妹打我！"我给他们调解，说好话。但是他们有时候很固执，我有时候也不耐烦，这便用着叱责了；叱责还不行，不由自主地，我的沉重的手掌便到他们身上了。于是哭的哭，坐的坐，局面才算定了。接着可又你要大碗，他要小碗，你说红筷子好，他说黑筷子好；这个要干饭，那个要稀饭，要茶要汤，要鱼要肉，要豆腐，要萝卜；你说他菜多，他说你菜好。妻是照例安慰着他们，但这显然是太迂缓了。我是个暴躁的人，怎么等得及？不用说，用老法子将他们立刻征服了；虽然有哭的，不久也就抹着泪捧起碗了。吃完了，纷纷爬下凳子，桌上是饭粒呀，汤汁呀，骨头呀，渣滓呀，加上纵横的筷子，欹斜的匙子，就如一块花花绿绿的地图模型。吃饭而外，他们的大事便是游戏。游戏时，大的有大主意，小的有小主意，各自坚持不下，于是争执起来；或者大的欺负了小的，或者小的竟欺负了大的，被欺负的哭着嚷着，到我或妻的面前诉苦；我大抵仍旧要用老法子来判断的，但不理的时候也有。最为难的，是争夺玩具的时候：这一个的与那一个的是同样的东西，却偏要那一个的；而那一个便偏不答应。在这种情形之下，不论如何，终于是非哭了不可的。这些事件自然不至于天天全有，但大致总有好些起。我若坐在家里看书或写什么东西，管保一点钟里要分几回心，或站起来一两次的。若是雨天或礼拜日，孩子们在家的多，那么，摊开书竟看不下一行，提起笔也写不出一个字的事，也有过的。我常和妻说："我们家真是成日的千军万马呀！"有时是不但"成日"，连夜里也有兵马在进行着，在有吃乳或生病的孩子的时候！

我结婚那一年，才十九岁。二十一岁，有了阿九；二十三岁，又有了阿菜。那时我正像一匹野马，哪能容忍这些累赘的鞍鞯、辔头，和缰绳？摆脱也知是不行的，但不自觉地时时在摆脱着。现在回想起来，那些日子，真苦了这两个孩子；真是难以宽宥的种种暴行呢！阿九才两岁半的样子，我们住在杭州的学校里。不知怎地，这孩子特别爱哭，又特别怕生人。一不见了母亲，或来了客，就哇哇地哭起来了。学校里住着许多人，我不能让他扰着他们，而客人也总是常有的；我懊恼极了，有一回，特地骗出了妻，关了门，将他按在地下打了一顿。这件事，妻到现在说起来，还觉得有些不忍；她说我的手太辣了，到底还是两岁半的孩子！我近年常想着那时的光景，也觉黯然。阿菜在台州，那是更小了；才过了周岁，还不大会走路。也是为了缠着母亲的缘故吧，我将她紧紧地按在墙角里，直哭喊了三四分钟；因此生了好几天病。妻说，那时真寒心呢！但我的苦痛也是真的。我曾给圣陶写信，说孩子们的磨折，实在无法奈何；有时竟觉着还是自杀的好。这虽是气愤的话，但这样的心情，确也有过的。后来孩子是多起来了，磨折也磨折得久了，少年的锋棱渐渐地钝起来了；加以增长的年岁增长了理性的裁制力，我能够忍耐了——觉得从前真是一个"不成材的父亲"，如我给另一个朋友信里所说。但我的孩子们在幼小时，确比别人的特别不安静，我至今还觉如此。我想这大约还是由于我们抚育不得法；从前只一味地责备孩子，让他们代我们负起责任，却未免是可耻的残酷了！

正面意义的"幸福"，其实也未尝没有。正如谁所说，小的总是可爱，孩子们的小模样，小心眼儿，确有些教人舍不得的。阿毛现在五个月了，你用手指去拨弄她的下巴，或向她做趣脸，她便会张开没牙的嘴咯咯地笑，笑得像一朵正开的花。她不愿在屋里待着；待久了，便大声儿嚷。妻常说："姑娘又要出去溜达了。"她说她像鸟儿般，每天总得到外面溜一些时候。闰儿上个月刚过了三岁，笨得很，话还没有学好呢。他只能说三四个字的短语或句子,文法错误,发音模糊,又得费气力说出;我们老是要笑他的。他说"好"字,总变成"小"字;问他:"好不好?"他便说"小",或"不小"。我们常常逗着他说这个字玩儿;他似乎有些觉得,近来偶然也能说出正确的"好"字了——特别在我们故意说成"小"字的时候。他有一只搪瓷碗,是一毛来钱买的;买来时,老妈子教给他,"这是一毛钱"。他便记住"一毛"两个字,管那只碗叫"一毛",有时竟省称为"毛"。这在新来的老妈子,是必须翻译了才懂的。他不好意思,或见着生客时,便咧着嘴痴笑;我们常用了土话,叫他作"呆瓜"。他是个小胖子,短短的腿,走起路来,蹒跚可笑;若快走或跑,便更"好看"了。他有时学我,将两手叠在背后,一摇一摆的;那是他自己和我们都要乐的。他的大姊便是阿菜,已是七岁多了,在小学校里念着书。在饭桌上,一定得啰啰唆唆地报告些同学或他们父母的事情;气喘喘地说着,不管你爱听不爱听。说完了总问我:"爸爸认识么?""爸爸知道么?"妻常禁止她吃饭时说话,所以她总是问我。她的问题真多:看电影便问电影里的是不是人?是不是真人?怎么不说话?看照相也是一样。不知谁告诉她,兵是要打人的。她回来便问,兵是人么?为什么打人?近来大约听了先生的话，回来又问张作霖的兵是帮谁的？蒋介石的兵是不是帮我们的？诸如此类的问题，每天短不了，常常闹得我不知怎样答才行。她和闰儿在一处玩儿，一大一小，不很合适，老是吵着哭着。但合适的时候也有：譬如这个往床底下躲，那个便钻进去追着；这个钻出来，那个也跟着——从这个床到那个床，只听见笑着，嚷着，喘着，真如妻所说，像小狗似的。现在在京的，便只有这三个孩子；阿九和转儿是去年北来时，让母亲暂时带回扬州去了。

阿九是欢喜书的孩子。他爱看《水浒》《西游记》《三侠五义》《小朋友》等；没有事便捧着书坐着或躺着看。只不欢喜《红楼梦》，说是没有味儿。是的，《红楼梦》的味儿，一个十岁的孩子，哪里能领略呢？去年我们事实上只能带两个孩子来；因为他大些，而转儿是一直跟着祖母的，便在上海将他俩丢下。我清清楚楚记得那分别的一个早上。我领着阿九从二洋泾桥的旅馆出来，送他到母亲和转儿住着的亲戚家去。妻嘱咐说："买点吃的给他们吧。"我们走过四马路，到一家茶食铺里。阿九说要熏鱼，我给买了；又买了饼干，是给转儿的。便乘电车到海宁路。下车时，看着他的害怕与累赘，很觉恻然。到亲戚家，因为就要回旅馆收拾上船，只说了一两句话便出来；转儿望望我，没说什么，阿九是和祖母说什么去了。我回头看了他们一眼，硬着头皮走了。后来妻告诉我，阿九背地里向她说："我知道爸爸欢喜小妹，不带我上北京去。"其实这是冤枉的。他又曾和我们说，"暑假时一定来接我啊！"我们当时答应着；但现在已是第二个暑假了，他们还在迢迢的扬州待着。他们是恨着我们呢？还是惦着我们呢？妻是一年来老放不下这两个，常常独自暗中流泪；但我有什么法子呢！想到"只为家贫成聚散"一句无名的诗，不禁有些凄然。转儿与我较生疏些。但去年离开白马湖时，她也曾用了生硬的扬州话（那时她还没有到过扬州呢），和那特别尖的小嗓子向着我："我要到北京去。"她晓得什么北京，只跟着大孩子们说罢了；但当时听着，现在想着的我，却真是抱歉呢。这兄妹俩离开我，原是常事，离开母亲，虽也有过一回，这回可是太长了；小小的心儿，知道是怎样忍耐那寂寞来着！

我的朋友大概都是爱孩子的。少谷有一回写信责备我，说儿女的吵闹，也是很有趣的，何至可厌到如我所说；他说他真不解。子恺为他家华瞻写的文章，真是"蔼然仁者之言"。圣陶也常常为孩子操心：小学毕业了，到什么中学好呢？——这样的话，他和我说过两三回了。我对他们只有惭愧！可是近来我也渐渐觉着自己的责任。我想,第一该将孩子们团聚起来,其次便该给他们些力量。我亲眼见过一个爱儿女的人,因为不曾好好地教育他们,便将他们荒废了。他并不是溺爱,只是没有耐心去料理他们,他们便不能成材了。我想我若照现在这样下去,孩子们也便危险了。我得计划着,让他们渐渐知道怎样去做人才行。但是要不要他们像我自己呢?这一层,我在白马湖教初中学生时,也曾从师生的立场上问过丏尊,他毫不踌躇地说,"自然啰。"近来与平伯谈起教子,他却答得妙,"总不希望比自己坏啰"。是的,只要不"比自己坏"就行,"像"不"像"倒是不在乎的。职业、人生观等,还是由他们自己去定的好;自己顶可贵,只要指导,帮助他们去发展自己,便是极贤明的办法。

予同说,"我们得让子女在大学毕了业,才算尽了责任。"SK说,"不然,要看我们的经济,他们的材质与志愿;若是中学毕了业,不能或不愿升学,便去做别的事,譬如做工人吧,那也并非不行的。"自然,人的好坏与成败,也不尽靠学校教育;说是非大学毕业不可,也许只是我们的偏见。在这件事上,我现在毫不能有一定的主意;特别是这个变动不居的时代,知道将来怎样?好在孩子们还小,将来的事且等将来吧。目前所能做的，只是培养他们基本的力量——胸襟与眼光；孩子们还是孩子们，自然说不上高的远的，慢慢从近处小处下手便了。这自然也只能先按照我自己的样子："神而明之，存乎其人"，光辉也罢，倒霉也罢，平凡也罢，让他们各尽各的力去。我只希望如我所想的，从此好好地做一回父亲，便自称心满意。——想到那"狂人""救救孩子"的呼声，我怎敢不悚然自勉呢？

一九二八年六月二十四日晚写毕，北京清华园

高　兴

邹韬奋

咱们孔老夫子有个最得意的门生，《论语》里说他"一箪食，一瓢饮，在陋巷，人不堪其忧，回也不改其乐"。这位颜先生并非因为没菜吃，住在破烂的房子，做了这样的一个"穷措大"而不快乐。他所以还能那样高兴，是因为他对于所学实在津津有味，所以虽穷而不觉得；虽然穷得"人不堪其忧"，而他因为有心里所酷爱的学问在那里研究得实在有趣，所以仍是一团高兴。这段纪事并不是奖励人做穷人，是暗示我们总要寻出自己所高兴学的，所高兴做的事情，高高兴兴地去学，高高兴兴地去做。

电影发明大家爱迪生幼年穷苦的时候，就喜欢做科学的实验；他十几岁在火车上做小工的时候，有一天藏在火车里预备实验用的玻璃瓶偶因震动倒了下来，硝镪水倒了满处，给管车的人狠狠地打了两个耳光，把他一搂，丢到火车的外面去！他虽这样地吃了两个苦耳光，到老耳朵被他弄聋，但是他对于科学的实验还是很高兴地继续地干去，不因此而抛弃，因为这原是他所高兴学的所高兴做的事情。

这样的"高兴"精神，是最可宝贵的东西：我们倘能各人寻出自己所高兴学的所高兴做的事情，朝着这个方向往前做去，把所学的所做的事，好像和自己合而为一，这真是一生莫大的幸福。所以做父母师长的人要常常留意考察子女学生的特长和特殊的兴趣，就此方面指导他们，培养他们；做青年的人要常常细心默察自己的特长和特殊的兴趣，就此方面去准备修养；就是成年，就是在社会上的人，也要常常注意自己的特长和特殊的兴趣，就此方面继续地准备修养，寻觅相当机会，尽量地发展，各尽天赋，期收最大限度的效率。

和"高兴"精神相反的就是"弗高兴"；表面上虽在那里做，而心里实在"弗高兴"，心里既然弗高兴，当然只觉其苦而不觉其乐。《国策》里说："苏秦读书欲睡,引锥自刺其股,流血至踝!"历来传为佳话,许多人称他勤苦求学的可嘉!我以为这样求学并不是因为他高兴求学而求学,并不是因为他觉得求学中有乐处而求学,乃是把求学当作"敲门砖",当一件苦事做,所以这位老苏只不过造成一只"瞎三话四"的嘴巴,用来骗得一时的富贵,并求不出什么真学问来。我们以为求学就该在求学中寻乐趣,否则无论他的股刺了多深,血流了多少,我们却一点不觉得可贵,反而认为是戆徒的行为!

"高兴"精神之所以可贵,因为它是由心坎中出发的,不是虚荣和金钱以及其他的享用所能勉强造成的。在下朋友里面有某君现在从事一种高尚专门的新式职业,闻名于社会;进款也不少,出入乘着的是自备的汽车,住的是呱呱叫的洋房,在别人看起来,总觉得他"吭啥"了。但是我有一天和他谈起他的职业,才知道他对于所做的事情并不喜欢,而且觉得讨厌,想要拼命地赚几个钱之后改做别的事情。我觉得他在物质的享用上虽"吭啥",而精神上的抑郁牢骚,充满"弗高兴"的质素,竟不觉得有什么做人的乐趣!我心里暗想,这位朋友真远不及箪食瓢饮住在陋巷的穷措大颜老夫子的快乐。为什么缘故?因为一个"高兴",一个"弗高兴"!做到了高兴做的事情,就是箪食瓢饮住陋巷还能高兴;做弗高兴做的事情,就是洋房汽车还只是弗高兴!

高兴的精神固然可贵,但是倘若趋入歧途,也很尴尬!上海有著名律师某君高兴于嫖,虽他的夫人防备之严有如防盗,他还是一团高兴地偷嫖。他虽十分地惧内,但是惧内的效用竟不能损他高兴的分毫,他的夫人一不提防,他就一溜烟地溜出去了!他所乘的是自己的汽车,一到了窑子的门口,总叫他的汽车夫把空车开到远远的一个地方停着,以免瞩目——他夫人的目。恰巧有一天他和一位"白相朋友"到某大旅馆开一个房间,正在征妓取乐,不料密中一疏,竟任汽车停在那个旅馆的门口。他的夫人忽然心血来潮,到他事务所来"检查",寻不着他,于是立即乘着一部黄包车,在几条马路上大兜其圈子,实行其"巡查",寻觅她丈夫的汽车。也算这位大律师触霉头,她凑巧寻到那个旅馆门口时,看见自己汽车的号数赫然在目。当时在汽车里正打瞌睡的汽车夫阿四,于蒙眬之际忽见"太太"来了,知道"路道弗对",便装作不知道主人到哪里去了。这位"太太"哪肯罢休,睁圆了眼睛,一把抓住阿四,大声吓道:"你不说出来,明朝停你的生意!"阿四想"停生意弗是生意经",只得老实告诉她。于是这位发冲眦裂的"太太"三步作两步走，奔入那个房间，好像霹雳一声，把那位大律师抓了出来，立刻赏给两个结结实实的响脆耳光！那位陪伴的朋友看见来势汹汹，三十六着，走为上着，一溜烟地躲而且逃！这位大律师虽经过这一场恶剧，他现在对于嫖还是一团高兴，还是东溜西溜地偷出去。爱迪生的不怕吃耳光，吃了耳光还要高兴，终成了一个有贡献于全世界人类的科学发明家；这位大律师的不怕吃耳光，吃了耳光还要高兴，也许终致倾家荡产，弄得一塌糊涂！

还有一点，我们也要注意的，就是具有特别天才的人，如上面所说的颜回和爱迪生之流，他们的高兴精神也许开始就有，至于比较平常的人，往往要先用一番努力的功夫，做到相当的程度，才找得出兴趣来，所以努力也是不可少的，不过在努力的进程中，一面努力，一面逐渐地有进步，同时即于逐渐的进步中增加高兴的精神，也就是于努力之中有快乐，不像苏秦那样刺着股，流着淋漓的血，强做那样弗高兴的事情！

原载一九二八年十二月二日《生活》周刊第四卷第三期

看守所

邹韬奋

苏州高等法院是在道前街，我们所被羁押的看守分所却在吴县横街，如乘黄包车约需20分钟可达。凑巧得很，在我们未到的三个月前，这分所刚落成一座新造的病室。这个病室虽在分所的大门内，但是和其余的囚室却是隔离的，有一道墙隔开。这病室有一排病房，共六间；这排病房的门前有个水门汀的走廊，再出去便是一个颇大的泥地的天井；后面靠窗处有个狭长的天井，在这里有一道高墙和隔壁的一个女学校隔开。各病房是个长方形的格式，沿天井的一边有一门一窗，近高墙的一边也有一个窗。看守所的病室当然也免不了监狱式的设备，所以前后的窗下都装有铁格子，房门是厚厚的板门，门的上部有一个五寸直径的小圆洞，门的外面有很粗的铁闩，铁闩上有个大锁。夜里在我们睡觉以后，有看守把我们的房门锁起来；早晨7点钟左右，他再把这个锁开起来。此外附在这座病室旁边的，右边有一个浴池式的浴室（即浴室里面是用水门汀造成的一个小浴池），左边有两个房间是看守主任住的。天井和外面相通的地方有两道门：靠在里面的一个是木栅门；出了这木栅门，经过一个很小的天井，还有一个门，那门的格式和我们的房差不多，上面也有个小圆洞。在这两道门的中间，白天有一个穿制服的看守监视着。夜里我们睡了以后，一排房门的前面也有一个看守梭巡着，一直巡到天亮。他们当然要轮班的，大概每四小时一班。另外有一个工役，穿着灰布的丘八的服装，替我们做零碎的事务，如扫地、洗碗、开饭和预备热水、开水等。他姓王，我们就叫他作"王同志"。这位"王同志"是当兵出身，据说前在北伐军里面曾经上战场血战过十几次，不过他说："打来的成绩归长官，小兵是没有分的。"他知道了我们被捕的原因之后，也很表示同情。

我们所住的病房是一排六间，上面已经说过。各房的门楣上有珐琅牌子记着号数。第一号和第六号的房间是看守和工役住的；第二号用为我们的餐室和看书写字的地方；第三号是沈王两先生的卧室；第四号是李沙两先生的卧室；第五号是章先生和我的卧室。餐室里有两张方桌，我们买了两块白台布把两个桌面罩起来，此外有几张有靠背的中国式的红漆椅子，几张骨牌凳。天气渐渐地寒冷起来，经检察官的准许后，我们自己出费装了一个火炉。我们几个人每日的时间多半都消磨在这个餐室里面。每个病房本来预备八个人住的，原有八个小木榻，现在为着我们，改用了两个小铁床，上面铺着木板，把原来的八个小木榻堆叠在一角。这样的小铁床，我们几个人睡在上面都还没有什么问题，不过不免苦了大块头的王造时先生！王先生的高度并不比我们其他的几个人高，但是他却是从横的方面发展；睡在这样的小铁床上面，转身是一件很费考虑的工作，一不留神，恐怕就要向地上滚！沈先生用的本来也是小铁床，后来他的学生来探望他，看见他们所敬爱的这位高年老师睡的是木板，很觉不安，买了一架有棕垫的木床来送给他。沈先生最初不肯用，说我们六人既共患难，应有难同当，他个人不愿单独舒适一些；后来经过我们几个人再三劝说，他才勉强收下来用。沈先生的学生满天下，对于他总是非常敬爱，情意殷勤，看了很令人感动。我一方面钦佩这些青年朋友的多情,一方面也钦佩沈先生的品德感动他的学生的那样深刻。

我们虽有一个浴池式的浴室,但是不知道什么地方出了毛病,屡次修不好,所以一次都未曾用过。我们大家每逢星期日的夜里,便在餐室里洗澡。用的是一个长圆式的红漆木盆。因为天气冷,夜里大家仍须聚在餐室里面,所以一个人在火炉旁大洗其澡的时候,其余几个人仍照常在桌旁坐着;看书的看书,写信的写信,写文的写文,有的时候下棋的下棋,说笑话的说笑话。先后次序用拈阄的办法。第一次这样"公开"洗澡的时候,王造时先生轮着第一,水很热,他又看到自己那个一丝不挂的胖胖的身体,大叫其"杀猪"!以他的那样肥胖的体格,自己喊出这样的"口号",不禁引起了大家的狂笑!以后我们每逢星期日的夜里洗澡,便大呼其"杀猪",虽则这个"口号"并不适用于每一个人。

原载一九三七年四月上海生活书店《经历》

书房的窗子

杨振声

说来可怜,八年抗战归来,卧房都租不到一间,何言书房?既无书房,又何从说到书房的窗子!

唉,先生,你别见笑,叫花子连做梦都在想吃肉,正为没得,才想得厉害,我不但想到书房,连书房里每一个角落,我都布置好。今天又想起了我那书房的窗子。

说起窗子,那真是人类穴居之后一点灵机的闪耀才发明了它。它给你清风与明月,它给你晴日与碧空,它给你山光与水色,它给你安安静静地坐窗前，欣赏着宇宙的一切，一句话，它打通你与天然的界限。

但窗子的功用，虽是到处一样，而窗子的方向，却有各人的嗜好不同。陆放翁的"一窗晴日写黄庭"，大概指的是南窗，我不反对南窗的光朗与健康。特别在北方的冬天，南窗放进满屋的晴日，你随便拿一本书坐在床下取暖，书页上的诗句全浸润在金色的光浪中，你书桌旁若有一盆蜡梅那就更好——以前在北平只值几毛钱一盆，高三四尺者亦不过一两元，蜡梅比红梅色雅而秀清，价钱并不比红梅贵多少。那么，就算有一盆蜡梅罢。蜡梅在阳光的照耀下荡漾着芬芳，把几枝疏脱的影子漫画在新洒扫的蓝砖地上，如漆墨画。天知道，那是一种清居的享受。

东窗在初红里迎接着朝暾，你起来开了隔扇，放进一屋的清新。朝气洗涤了昨宵一梦的荒唐，使人精神清振，与宇宙万物一体更新。假使你窗外有一株古梅或是海棠，你可以看"朝日红妆"；有海，你可以看"海日生残夜"；一无所有，看朝霞的艳红，再不然，看想象中的邺宫，"晓日靓妆千骑女，白樱桃下紫纶巾"。

"挂起西窗浪接天"这样的西窗，不独坡翁喜欢，我们谁都喜欢。然而西窗的风趣，正不止此，压山的红日徘徊于西窗之际，照出书房里一种透明的宁静。苍蝇的搓脚，微尘的轻游，都带些倦意了。人在一日的劳动后，带着微疲放下工作，舒适地坐下来吃一杯热茶，开窗西望，太阳已隐到山后了。田间小径上疏落地走着荷锄归来的农夫，隐约听到母牛哞哞地在唤着小犊同归。山色此时已由微红而深紫，而黝蓝。苍然暮色也渐渐笼上山脚的树林。西天上独有一缕镶着黄边的白云冉冉而行。

然而我独喜欢北窗。那就全是光的问题了。

说到光，我有一种偏向，就是不喜欢强烈的光而喜欢清淡的光，不喜欢敞开的光而喜欢隐约的光，不喜欢直接的光而喜欢反射的光，就拿日光来说罢，我不爱中午的骄阳，而爱"晨光之熹微"与落日的古红。纵使光度一样，也觉得一片平原的光海，总不及山阴水曲间光线的隐翳，或枝叶扶疏的树荫下光波的流动，至于反光更比直光来得委婉。"残夜水明楼"，是那般的清虚可爱；而"明清照积雪"使你感到满目清辉。

不错，特别是雪的反光。在太阳下是那样霸道，而在月光下却又这般温柔。其实，雪光在阴阴天宇下，也满有风趣。特别是新雪的早晨，你一醒来全不知道昨宵降了一夜的雪，只看从纸窗透进满室的虚白，便与平时不同，那白中透出银色的清辉，温润而匀净，使屋子里平添一番恬静的滋味，披衣起床且不看雪，先掏开那尚未睡醒的炉子，那屋里顿然煦暖。然后再从容揭开窗帘一看，满目皓洁，庭前的枝枝都压垂到地角上了，望望天，还是阴阴的，那就准知道这一天你的屋子会比平常更幽静。

至于拿月光与日光比，我当然更喜欢月光，在月光下，人是那般隐蔽，天宇是那般素净。现实的世界退缩了，想象的世界放大了。我们想象的放大，不也就是我们人格的放大？放大到感染一切时，整个的世界也因而富有情思了。"疏影横斜水清浅，暗香浮动月黄昏。"它比"晴雪梅花"更为空灵，更为生动；"无情有恨何人见，月亮风清欲坠时"，比之"枝头春意"更富有深情与幽思；而"宿妆残粉未明天，每立昭阳花树边"也比"水晶帘下看梳头"更动人怜惜之情。

这里不只是光度的问题，而是光度影响了态度。强烈的光使我们一切看得清楚，却不比使我们想得明透，使我们有行动的愉悦，却不使我们有沉思的因缘；使我们像春草一般地向外发展，却不能使我们像夜合一般地向内收敛。强光太使我们与外物接近了，留不得一分想象的距离。而一切文艺的创造，绝不是一些外界事物的推拢，而是事物经过个性的熔冶，范畴出来的作物。强烈的光与一切强有力的东西一样，它压抑我们的个性。

以此，我便爱上了北窗，南窗的光强，固不必说；就是东窗和西窗也不如北窗。北窗放出的光是那般清淡而隐约，反射而不直接，说到反光，当然便到了"窗子以外"了，我不敢想象窗外有什么明湖或青山的反光，那太奢望了。我只希望北窗外有一带古老的粉墙。你说古老的粉墙？一点不错。最低限度地要老到透出点微黄的颜色；假如可能，古墙上生几片青翠的石斑。这墙不要去窗太近，太近则逼窄，使人心狭；也不要太远，太远便不成为窗子屏风；去窗一丈五尺左右便好。如此古墙上的光辉返射在窗下的书桌上，润泽而淡白，不带一分逼人的霸气。这种清光绝不会侵凌你的幽静，也不会扰乱你的运思。它与清晨太阳未出以前的天光，及太阳初下，夕露未滋，湖面上的水光同是一样的清幽。

假如，你嫌这样的光太朴素了些，那你就在墙边种上一行疏竹。有风，你可以欣赏它婆娑的舞容；有月，你可以欣赏窗上迷离的竹影；有雨，它给你平添一番清凄；有雪，那素洁，那清劲，确是你清寂中的佳友；即使无月无风，无雨无雪，红日半墙,竹荫微动,掩映于你书桌上的清辉,泛出一片青翠,几纹波痕,那般的生动而空灵,你书桌上满写着清新的诗句,你坐在那儿,纵使不读书也"要得"。

五

万般滋味,皆是生活

自传难写

老 舍

自古道：今儿个晚上脱了鞋，不知明日穿不穿；天有不测的风云啊！为留名千古，似应早早写下自传；自己不传，而等别人偏劳，谈何容易！以我自己说吧，眼看就快四十了，万一在最近的将来有个山高水远，还没写下自传，岂不是大大的一个缺憾？！

可是，说起来就有点难受。自传不难哪，自要有好材料。材料好办；"好材料"，哼，难！自传的头一章是不是应当叙说家庭族系等？自然是。人由何处生，水从哪儿来，总得说个分明。依写传的惯例说，得略述五千年前的祖宗是纯粹"国种"，然后详道上三辈的官衔，功德，与著作。至少也得来个"清封大夫"的父亲，与"出自名门"的母亲。没有这么适合体裁的双亲，写出去岂不叫人笑掉门牙！您看，这一招儿就把咱撅个对头弯；咱没有这种父母，而且准知道五千年前的祖宗不见得比我高明。好意思大书特书"清封普罗大夫"，与"出自不名之门"么？就是有这个勇气，也危险呀：普罗大夫之子共党耳，推出斩首，岂不糟了？！英雄不怕出身低，可也得先变成英雄啊。汉刘邦是小小的亭长，淮阴侯也讨过饭吃，可是人家都成了英雄，自然有人捧场喝彩。咱是不是英雄？对镜审查，不大像！

自传的头一章根本没着落。

再说第二章吧。这儿应说怎么降生：怎么在胎中多住了三个多月，怎么产房闹妖精，怎么天上落星星，怎么生下来啼声如豹，怎么左手拿着块现洋……我细问过母亲，这些事一概没有。母亲只说：生下来奶不足，常贴吃糕干——所以到如今还有时候一阵阵地发糊涂。

第二章又可以休矣。

第三章得说幼年入学的光景喽。"幼怀大志，寡言笑，囊萤刺股……"这多么好听！可是咱呢，不记得有过大志，而是见别人吃糖馅烧饼就馋得慌——到如今也没完全改掉。逃学的事倒不常干。而挨手板与罚跪说起来似乎并不光荣。第三章，即使勉强写出，也不体面。

没有前三章，只好由第四章写了，先不管有这样的书没有。这一章应写青春时期。更难下笔。假如专为泄气，又何必自传；当然得吹腾着点儿。事情就奇怪，想吹都吹不起来。人家牛顿先生看苹果落地就想起那么多典故来，我看见苹果落地——不，不等它落地就摘下来往嘴里送。青春时期如此，现在也没长进多少，不但没做过惊天动地的事，而且没有存过惊天动地的心。偶尔大喊一声，天并不惊；跺地两脚，地也不动。第四章又是糖心的炸弹，没响儿！

以下就不用说了，伤心！

自传呢，下世再说。好在马上为善，或者还不太晚，多积点阴功，下辈子咱也生在贵族之家，专是自传的第一章就能写八万字。气死无数小布尔乔亚。等着吧，这个事是急不得的。

原载一九三四年一月《大众画报》第三期

又是一年芳草绿

老 舍

悲观有一样好处,它能叫人把事情都看轻了一些。这个可也就是我的坏处,它不起劲,不积极。您看我挺爱笑不是?因为我悲观。悲观,所以我不能板起面孔,大喊:"孤——刘备!"我不能这样。一想到这样,我就要把自己笑毛咕了。看着别人吹胡子瞪眼睛,我从脊梁沟上发麻,非笑不可。我笑别人,因为我看不起自己。别人笑我,我觉得应该;说得天好,我不过是脸上平润一点的猴子。我笑别人,往往招人不愿意;不是别人的量小,而是不像我这样稀松,这样悲观。

我打不起精神去积极地干，这是我的大毛病。可是我不懒，凡是我该做的我总想把它做了，总算得点报酬养活自己与家里的人——往好了说，尽我的本分。我的悲观还没到想自杀的程度，不能不找点事做。有朝一日非死不可呢，那只好死喽，我有什么法儿呢？

这样，你瞧，我是无大志的人。我不想当皇上。最乐观的人才敢做皇上，我没这份胆气。

有人说我很幽默，不敢当。我不懂什么是幽默。假如一定问我，我只能说我觉得自己可笑，别人也可笑；我不比别人高，别人也不比我高。谁都有缺欠，谁都有可笑的地方。我跟谁都说得来，可是他得愿意跟我说；他一定说他是圣人，叫我三跪九叩报门而进，我没这个瘾。我不教训别人，也不听别人的教训。幽默，据我这么想，不是嬉皮笑脸，死不要鼻子。

也不是怎股子劲儿，我成了个写家。我的朋友德成粮店的写账先生也是写家，我跟他同等，并且管他叫二哥。既是个写家，当然得写了。"风格即人"——还是"风格即驴"？——我是怎个人自然写怎样的文章了。于是有人管我叫幽默的写家。我不以这为荣，也不以这为辱。我写我的。卖得出去呢，多得个三块五块的，买什么吃不香呢。卖不出去呢，拉倒，我早知道指着写文章吃饭是不易的事。

稿子寄出去,有时候是肉包子打狗,一去不回头;连个回信也没有。这,咱只好幽默;多咱见着那个骗子再说,见着他,大概我们俩总有一个笑着去见阎王的。不过,这是不很多见的,要不怎么我还没想自杀呢。常见的事是这个,稿子登出去,酬金就睡着了,睡得还是挺香甜。直到我也睡着了,它忽然来了,仿佛故意吓人玩。数目也惊人,它能使我觉得自己不过值一毛五一斤,比猪肉还便宜呢。这个咱也不说什么,国难期间,大家都得受点苦,人家开铺子的也不容易,掌柜的吃肉,给咱点汤喝,就得念佛。是的,我是不能当皇上,焚书坑掌柜的,咱没那个狠心,你看这个劲儿!不过,有人想坑他们呢,我也不便拦着。

这么一来,可就有许多人看不起我。连好朋友都说:"伙计,你也硬正着点,说你是为人类而写作,说你是中国的高尔基;你太泄气了!"真的,我是泄气,我看高尔基的胡子可笑。他老人家那股子自卖自夸的劲儿,打死我也学不来。人类要等着我写文章才变体面了,那恐怕太晚了吧?我老觉得文学是有用的;拉长了说,它比任何东西都有用,都高明。可是往眼前说,它不如一尊高射炮,或一锅饭有用。我不能吆喝我的作品是"人类改造丸",我也不相信把文学杀死便天下太平。我写就是了。

别人的批评呢?批评是有益处的。我爱批评,它多少给我点益处;即使完全不对,不是还让我笑一笑吗?自己写的时候仿佛是蒸馒头呢,热气腾腾,莫名其妙。及至冷眼人一看,一定看出许多错儿来。我感谢这种指摘。说的不对呢,那是他的错儿,不干我的事。我永不驳辩,这似乎是胆儿小;可是也许是我的宽宏大量。我不便往自己脸上贴金。一件事总得由两面瞧,是不是?

对于我自己的作品,我不拿它们当作宝贝。是呀,当写作的时候,我是卖了力气,我想往好了写。可是一个人的天才与经验是有限的,谁也不敢保了老写得好,连荷马也有打盹的时候。有的人呢,每一拿笔便想到自己是但丁,是莎士比亚。这没有什么不可以的,天才须有自信的心。我可不敢这样,我的悲观使我看轻自己。我常想客观地估量估量自己的才力;这不易做到,我究竟不能像别人看我看得那样清楚;好吧,既不能十分看清楚了自己,也就不用装蒜,谦虚是必要的,可是装蒜也大可以不必。

对做人,我也是这样。我不希望自己是个完人,也不故意地招人家的骂。该求朋友的呢,就求;该给朋友做的呢,就做。做的好不好,咱们大家凭良心。所以我很和气,见着谁都能扯一套。可是,初次见面的人,我可是不大爱说话;特别是见着女人,我简直张不开口,我怕说错了话。在家里,我倒不十分怕太太,可是对别的女人老觉着恐慌,我不大明白妇女的心理;要是信口开河地说,我不定说出什么来呢,而妇女又爱挑眼。男人也有许多爱挑眼的,所以初次见面,我不大愿开口。我最喜辩论,因为红着脖子粗着筋的太不幽默。我最不喜欢好吹腾的人,可并不拒绝与这样的人谈话;我不爱这样的人,但喜欢听他的吹。最好是听着他吹,吹着吹着连他自己也忘了吹到什么地方去,那才有趣。

可喜的是有好几位生朋友都这么说:"没见着阁下的时候,总以为阁下有八十多岁了。敢情阁下并不老。"是的,虽然将奔四十的人,我倒还不老。因为对事轻淡,我心中不大藏着计划,做事也无须耍手段,所以我能笑,爱笑;天真的笑多少显着年轻一些。我悲观,但是不愿老声老气的悲观,那近乎"虎事"。我愿意老年轻轻的,死的时候像朵春花将残似的那样哀而不伤。我就怕什么"权威"咧,"大家"咧,"大师"咧,等等老气横秋的字眼们。我爱小孩,花草,小猫,小狗,小鱼;

这些都不"虎事"。偶尔看见个穿小马褂的"小大人"，我能难受半天，特别是那种所谓聪明的孩子，让我难过。比如说，一群小孩都在那儿看变戏法儿，我也在那儿，单会有那么一两个七八岁的小老头说："这都是假的！"这叫我立刻走开，心里堵上一大块。世界确是更"文明"了，小孩也懂事懂得早了，可是我还愿意大家傻一点，特别是小孩。假若小猫刚生下来就会捕鼠，我就不再养猫，虽然它也许是个神猫。

我不大爱说自己，这多少近乎"吹"。人是不容易看清楚自己的。不过，刚过完了年，心中还慌着，叫我写"人生于世"，实在写不出，所以就近地拿自己当材料。万一将来我不得已而做了皇上呢，这篇东西也许成为史料，等着瞧吧。

原载一九三五年三月六日《益世报》

清贫慰语

郁达夫

　　洪范五福，二曰富；同时五极，四曰贫。当然，富与贵，是人之所欲；而贫与贱，是人之所恶的。可是贵者必富，似乎是"自古已然，于今为烈"的定则；因为"子夏贫甚，人曰，子何不仕？子夏曰，诸侯之骄我者，我不为臣，大夫之骄我者，我不复见。"终而至于悬鹑衣于壁。这定则，在西洋却并不通用。培根论富，也同中国的古圣昔贤一样，以大地为致富之源，但其来也缓慢，而费力也多。其次则在他说商贾之致富，专卖、垄断之致富，为役吏或因职业之致富，虽则都可以很快地发财,然而却不高尚。

西哲的视富,也和中国圣人的为富不仁,为仁不富的调子一样。培根的大斥高利贷的地方倒颇有些近世社会主义者所说的剩余价值与不当利得的倾向。

尤其是说得有趣的,是在讲到财神Plutus的势利的一点。他说财神于受到Jupiter大神的命令的时候,总缓缓跛行,姗姗而去;但一得到死神中之掌财魔王Pluto的命令的时候,却飞奔狂跳,唯恐不及了。所以致富之道的最快的手段,是在弄他人致死,而自己因之得财的一条路,譬如得遗产之类,就是。其次则如做恶事,坏良心,行奸邪,施压迫,亦是致富的捷径。总而言之你若想富,你得先弄人贫。散文的祖宗,法国蒙泰纽,在他的一篇"论一人之得就是他人之失"的短文里也说,一位雅典的卖葬式器具者,每以劣货而售重价,因而Dcmades痛斥其为不仁,因他的利益,就系悬在他人的死的上面的。蒙泰纽却又进一步说,不独卖葬具者为然,凡天下之得利者,都该痛斥。商人利用青年的无节制,农夫只想抬高谷价,建筑师希望人家屋倒,讼师唯恐天下没有事,就是善誉者以及牧师,也是因为我们作恶或死人时才有实用。医生决不喜欢人的健康,兵士没有一个是爱和平的。

如此说来，很简单的一句话，是富者都是恶人，善人没有一个不穷的人。因为弄成了我们的穷，然后可以致他的富。不过因节俭而致富，因无中生有的生产而致富，如其富得正当而不害及他人者，又当别论。

那么贫穷的人是不是都可以宝贵的呢？培根先生也在说，对于那些似乎在看不起富的人，也不可一味地轻信，因为他们的看不起富，是实在对于富是绝望了；万一使他们也能得到，那时候他们可又不同了。所以是清而且贫者为上，懒而且贫者次之，孜孜欲富而终得其贫者为最下。像黔娄子的夫妻，庶几可以当得起清贫的两字了，且看《高士传》："黔娄子守道不屈，卒时覆以布被，覆头则足露，覆足则头露。或曰，斜其被则敛矣！其妻曰，斜而有余，不如正而不足！"

现在一般人的不守清贫，终致卑污堕落的原因，大抵在于女人；若有一位能识得斜而有余不如正而不足的女人在旁，那世界上的争夺，恐怕可以减少一半。

其次则还有一位与势利的财神相对立的公正的死神在那里；无常一到，则王侯将相，乞丐偷儿，都平等了。俗语说："一双空手见阎君！"这实在是穷人的一大安慰；而西洋人的轮回之说比此还要更进一步。耶稣教的轻薄富人，是无所不用其极的；他们说，富者欲入天国，难于骆驼之穿针孔；所以培根也说，财富是德性的行李，譬如行军，辎重财富，是进军之大累也。

泪与笑

梁遇春

匆匆过了二十多年，我自然也是常常哭，常常笑，别人的啼笑也看过无数回了。可是我生平不怕看见泪，自己的热泪也好，别人的呜咽也好，对于几种笑我却会惊心动魄，吓得连呼吸都不敢大声，这些怪异的笑声，有时还是我亲口发出的。当一位极亲密的朋友忽然说出一句冷酷无情冰一般的冷话来，而且他自己还不知道他说的会使人心寒，这时候我们只好哈哈哈莫名其妙地笑了，因为若使不笑，叫我们怎么样好呢？我们这个强笑或者是出于看到他真正的性格（他这句冷语所显露的）和我们先前所认为的他的性格的矛盾，或者是我们要勉强这么一笑来表示我们是不会被他的话所震动，我们自己另有一个超乎一切的生活，他的话是不能损坏我们于毫发的，或者……但是那时节我们只觉到不好不这么大笑一声，所以才笑，实在也没有闲暇去仔细分析自己了。当我们心里有说不出的苦痛缠着，正要向人细诉，那时我们平时尊敬的人却用个极无聊的理由（甚至于最卑鄙的）来解释我们这穿过心灵的悲哀，看到这深深一层的隔膜，我们除开无聊赖地破涕为笑，还有什么别的办法吗？有时候我们倒霉起来，整天从早到晚做的事没有一件不是失败的，到晚上疲累非常，懊恼万分，悔也不是，哭也不是，也只好咽下眼泪，空心地笑着。我们一生忙碌，把不可再得的光阴消磨在马蹄铁轮，以及无谓敷衍之间，整天打算，可是自己不晓得为何这么费心机，为了要活着用尽苦心来延长这生命，却又不觉得活着到底有何好处，自己并没有享受生活过，总之黑漆一团活着，夜阑人静，回头一想，哪能够不吃吃地笑，笑时感到无限的悲哀。就说我们淡于生死了，对于现世界的厌烦同人事的憎恶还会像毒蛇般蜿蜒走到面前，缠着身上，我们真可说倦于一切，可惜我们也没有爱恋上死神，觉得也不值得花那么大劲去求死，在此不生不死心境和只见伤感重重来袭，偶然挣些力气，来叹几口气，叹完气免不了失笑，那笑是多么酸苦的。这几种笑声发自我们的口里，自己听到，心中生个不可言喻的恐怖，或者又引起另一个鬼似的狞笑。若使是由他人口里传出，只要我们探讨出它们的源泉，我们也会惺惺惜惺惺而心酸，同时害怕得全身打战。此外失望人的傻笑，下头人挨了骂对于主子的赔笑，趾高气扬的热官对于贫贱故交的冷笑，老处女在他人结婚席上所呈的干笑，生离永别时节的苦笑——这些笑全是"自然"跟我们为难，把我们弄得没有办法，我们承认失败了的表现，是我们心灵的堡垒下面刺目的降幡。莎士比亚的妙句"对着悲哀微笑"（smiling at grief）说尽此中的苦况。拜伦在他的杰作 *Don Juan*（《唐璜》）里有二句：

Of all tales' tis the saddest —— and more sad,

Because it makes us smile. ①

这两句是我愁闷无聊时所喜欢反复吟诵的，因为真能传出"笑"的悲剧的情调。

泪却是肯定人生的表示。因为生活是可留恋的，过去是春天的日子，所以才有伤逝的清泪。若使生活本身就不值得我们

---

① 意为：这是所有故事中最悲惨的——比悲惨还要伤情，因为它竟让我们微笑。

的一顾，我们哪里会有惋惜的情怀呢？当一个中年妇人死了丈夫时候，她号啕地大哭，她想到她儿子这么早失去了父亲，没有人指导，免不了伤心流泪，可是她隐隐地对于这个儿子有无穷的慈爱同希望。她的儿子又死了，她或者会一声不做地料理丧事，或者发疯狂笑起来，因为她已厌倦于人生，她微弱的心已经麻木死了。我每回看到人们的流泪，不管是失恋的刺痛，或者丧亲的悲哀，我总觉人世真是值得一活的。眼泪真是人生的甘露。当我是小孩时候，常常觉得心里有说不出的难过，故意去臆造些伤心事情，想到有味时候，有时会不觉流下泪来，那时就感到说不出的快乐。现在却再寻不到这种无根的泪痕了。哪个有心人不爱看悲剧，亚里士多德所说的净化的确不错。我们精神所纠结郁积的悲痛随着台上的凄惨情节发出来，哭泣之后我们有形容不出的快感，好似精神上吸到新鲜空气一样，我们的心灵忽然间呈非常健康的状态。Gogol（俄国作家果戈理）的著作人们都说是笑里有泪，实在正是因为后面有看不见的泪，所以他的小说会那么诙谐百出，对于生活处处有回甘的快乐。中国的诗词说高兴赏心的事总不大感人，谈愁语恨却是易工，也由于那些怨词悲调的泪的结晶，有时会逗我们洒些同情的泪，所以亡国的李后主，感伤的李义山始终是我们爱读的作家。天下最爱哭的人莫过于怀春的少女同情海中翻身的青年，可是他们的生活是最有力，色彩最浓，最不虚过的生活。人到老了，生活力渐渐消磨尽了，泪泉也干了，剩下的只是无可无不可那种行将就木的心境，好像慈祥实在是生的疲劳所产生的微笑——我所怕的微笑。十八世纪初期浪漫派诗人格雷在他的 *On a Distant Prospect of Eton College*（《依顿公学的未来展望》）里说：

> 流下也就忘记了的泪珠，
> 那是照耀心胸的阳光。
> The tear forgot as soon as shed,
> The sunshine of the breast.

这些热泪只有青年才会有，它是同青春的幻梦同时消灭的，泪尽了，每一个人心里都像苏东坡所说的"存亡惯见浑无泪"那样地冷淡了，坟墓的影已染着我们的残年。

第二度的青春

梁遇春

　　人们到了相当年纪，大概不会再有春愁。就说偶然还涉遐思，也不好意思出口了。

　　乡愁，那是许多人所逃不了的。有些人天生一副怀乡病者的心境，天天惦念着他精神上的故乡。就是住在家乡里，仍然忽忽如有所失，像个海外飘零的客子。就说把他们送到乐园去，他们还是不胜惆怅，总是希冀企望着，想回到一个他所不知道的地方。这些人想象出许多虚幻的境界，那是宗教家的伊甸园，哲学家的伊比鸠鲁斯花园，诗人的 Elysium El Dorado, Arcadia, 理想主义者的乌托邦，来慰藉他们彷徨的心灵；可是若使把他们放在他们所追求的天国里，他们也许又皱起眉头，拿着笔描写出另个理想世界了。思想无非是情感的具体表现，他们这些世外桃源只是他们不安心境的寄托。全是因为它们是不能实现的，所以才能够传达出他们这种没个为欢处的情怀；一旦不幸，理想变为事实，它们立刻就不配做他们这些情绪的象征了。说起来，真是可悲，然而也怪有趣。总之，这一班人大好年华都消磨于缱怀一个莫须有之乡，也从这里面得到他人所尝不到的无限乐趣。登楼远望云山外的云山，淌下的眼泪流到笑涡里去，这是他们的生活。吾友莫须有先生就是这么一个人，久不见他了，却常忆起他那泪痕里的微笑。

可是，人们到了相当年纪（又是这么一句话），对于自己的事情感到厌倦，觉得太空虚了，不值一想，这时连这一缕乡愁也将化为云烟了。其实人们一走出情场，失掉绮梦，对于自己种种的幻觉都消灭了，当下看出自己是个多么渺小无聊的汉子，正好像脱下戏衫的优伶，从缥缈世界坠到铁硬的事实世界，砰的一声把自己惊醒了。这时睁开眼睛，看到天上恒河沙数的群星，一佛一世界，回想自己风尘下过千万人已尝过，将来还有无数万人来尝的庸俗生活，对于自己怎能不灰心呢？当此"屏除丝竹入中年"时候,怎么好呢?

可是,人们到了相当年纪,免不了儿女累人,三更儿哭,可以搅你的清梦,一声爸爸,可以动你的心弦。烦恼自然多起来了,但是天下的乐趣都是烦恼带来的,烦恼使人不得不希望,希望却是一服包医百病的良方。做了只怕不愁,一生在艰苦的环境下面挣扎着,结果常是"穷"而不"愁",所谓潦倒也就是麻木的意思。做人做到艳阳天气勾不起你的幽怨,故乡土物打不动你莼鲈之思,真是几乎无路可走了。还好有个父愁。虽然知道自己的一生是个失败,仿佛也看出天下无所谓的成功的事情,已猜透成功等于失败这个哑谜了,居然清瘦地站在宇宙之外,默然与世无涉了;可是对于自己孩子们总有个莫名其妙的希望,大有我们自己既然如是塌台,难道他们也会这样吗的意思。只有没有道理的希望是真实的,永远有生气的,做父亲的人们明知小孩变成顽皮大人是种可伤的事情,却非常希望他们赶快长大。已看穿人性的腐朽同宇宙的乏味了,可是还希望他们来日有个花一般的生涯。为着他们,希望许多绝不可能的事情变为可能,为着他们,肯把自己重新掷到过去的幻觉里去,于是乎从他们的生活里去度自己第二次的青春,又是一场哀乐。为着儿女的恋爱而担心,去揣摩内中的甘苦,宛如又蹚进情场。有时把儿女的痴梦拿来细味，自己不知不觉也走到梦里去了，孩提的想头和希望都占着做父亲者的心窝，虽然这些事他们从前曾经热烈地执着过，后来又颓然扔开了。人们下半生的心境又恢复到前半生那样了，有时从父愁里也产生出春愁和乡愁。

记得去年快有儿子时候，我的父亲从南方写信来说道："你现在也快做父亲了，有了孩子，一切要耐忍些。"我年来常常记起这几句话，感到这几句叮咛包括了整个人生。

匆　匆

朱自清

　　燕子去了，有再来的时候；杨柳枯了，有再青的时候；桃花谢了，有再开的时候。但是，聪明的，你告诉我，我们的日子为什么一去不复返呢？——是有人偷了他们罢：那是谁？又藏在何处呢？是他们自己逃走了罢：现在又到了哪里呢？

　　我不知道他们给了我多少日子；但我的手确乎是渐渐空虚了。在默默里算着，八千多日子已经从我手中溜去；像针尖上一滴水滴在大海里，我的日子滴在时间的流里，没有声音，也没有影子。我不禁头涔涔而泪潸潸了。

　　去的尽管去了，来的尽管来着；去来的中间，又怎样地匆匆呢？早上我起来的时候，小屋里射进两三方斜斜的太阳。太阳他有脚啊，轻轻悄悄地挪移了；我也茫茫然跟着旋转。于是——洗手的时候，日子从水盆里过去；吃饭的时候，日子从饭碗里过去；默默时，便从凝然的双眼前过去。我觉察他去的匆匆了，伸出手遮挽时，他又从遮挽着的手边过去。天黑时，我躺在床上，他便伶伶俐俐地从我身上跨过，从我脚边飞去了。等我睁开眼和太阳再见，这算又溜走了一日。我掩着面叹息。但是新来的日子的影儿又开始在叹息里闪过了。

　　在逃去如飞的日子里，在千门万户的世界里的我能做些什么呢？只有徘徊罢了，只有匆匆罢了；在八千多日的匆匆里，除徘徊外，又剩些什么呢？过去的日子如轻烟，被微风吹散了，如薄雾，被初阳蒸融了；我留着些什么痕迹呢？我何曾留着像游丝样的痕迹呢？我赤裸裸来到这世界，转眼间也将赤裸裸地回去罢？但不能平的，为什么偏要白白走这一遭啊？

　　你聪明的，告诉我，我们的日子为什么一去不复返呢？

一九二二年三月二十八日

中年人的寂寞

夏丏尊

我已是一个中年的人。一到中年,就有许多不愉快的现象,眼睛昏花了,记忆力减退了,头发开始秃脱而且变白了,意兴、体力什么都不如年轻的时候,常不禁会感觉到难以名言的寂寞的情味。尤其觉得难堪的是知友的逐渐减少和疏远,缺乏交际上的温暖的慰藉。

不消说,相识的人数,是随了年龄增加的,一个人年龄越大,走过的地方,当过的职务越多,相识的人理该越增加了。可是相识的人并不就是朋友,我们和许多人相识,或是因了事务关系，或是因了偶然的机缘，——如在别人请客的时候同席吃过饭之类。见面时点头或握手，有事时走访或通信，口头上彼此也称"朋友"，笔头上有时或称"仁兄"，诸如此类，其实只是一种社交上的客套，和"顿首""百拜"同是仪式的虚伪。这种交际可以说是社交，和真正的友谊，相差似乎很远。

真正的朋友，恐怕要算"总角之交"或"竹马之交"了。在小学和中学的时代容易结成真实的友谊，那时彼此尚不感到生活的压迫，入世未深，打算计较的念头也少，朋友的结成，全由于志趣相近或性情适合，差不多可以说是"无所为"的，性质比较地纯粹。二十岁以后结成的友谊，大概已不免掺有各种各样的颜色分子在内，至于三十岁四十岁以后的朋友中间，颜色分子愈多，友谊的真实成分也就不免因而愈少了，这并不一定是"人心不古"，实可以说是人生的悲剧。人到了成年以后，彼此都有生活的重担须负，入世既深，顾忌的方面也自然加多起来，在交际上不许你不计较，不许你不打算，结果彼此都"钩心斗角"，像七巧板似的只选定了某一方面和对方去接合，这样的接合当然是很不坚固的，尤其是现代这样什么都到了尖锐化的时代。

在我自己的交游中，最值得系念的老是一些少年时代以来的朋友。这些朋友本来数目就不多，有些住在远地，连相会的机会也不可多得，他们有的年龄大过了我，有的小我几岁，都是中年以上的人了，平日各人所走的方向不同，思想趣味，境遇也都不免互异，大家晤谈起来，也常会遇到说不出的隔膜的情形。如大家话旧，旧事是彼此共喻的，而且大半都是少年时代的事，"旧游如梦"，把梦也似的过去的少年时代重提，因了谈话的进行，同时就会关联了想起许多当时的事情，许多当时的人的面影，这时好像自己仍回归少年时代去了。我常在这种时候感到一种快乐，同时也感到一种伤感，那情形好比老妇人突然在抽屉里或箱子里发见了她盛年时的影片。

逢到和旧友谈话，就不知不觉地把话题转到旧事上去，这是我的习惯，我在这上面无意识地会感到一种温暖的慰藉。可是这些旧友，一年比一年减少了，本来只是屈指可数的几个，少去一个，是无法弥补的，我每当听到一个旧友死去的消息时候，总要惆怅多时。

学校教育给我们的好处，不但只是灌输知识，最大的好处，恐怕还在给予我们求友的机会一点上。这好处我到了离学校以后才知道，这几年来更确切地体会到，深悔当时毫不自觉，马马虎虎地过去了。近来每日早晚在路上见到两两三三地携着书包、携了手或挽了肩膀走着的青年学生们，我总艳羡他们有朋友之乐，暗暗地要在心中替他们祝福。

寂 寞

陆 蠡

当一个人独处的时候,当他孑身作长途旅行的时候,当幸福和欢乐给他一个巧妙的嘲弄,当年和月压弯了他的脊背,使他不得不躲在被遗忘的角落,度厌倦的朝暮,那时人们会体贴到一个特殊的伴侣——寂寞。

寂寞如良师,如益友,它在你失望的时候来安慰你,在你孤独的时候来陪伴你,但人们却不喜爱寂寞。如苦口的良友,人们疏离它,回避它,躲闪它。终于有一天人们会想念它,寻觅它,亲近它,甚至不愿离开它。

愿意听我说我是怎样和寂寞相习的么?

幼小的时候,我有着无知的疯狂。我追逐快乐,像猎人追赶一只美丽的小鹿。这是敏捷的东西,在获不到它的时候它的影子是一种诱惑和试探。我要得到它,我追赶。它跑在我的面前。我追得愈紧,它跑得愈快。我越过许多障碍和困难,如同猎人越过丘山和林地,最后,在失望的草原上失去了它。一如空手回来的猎人,我空手回来,拖着一身的疲倦。我怅惘,我懊丧,我失去了勇气,我觉得乏力。为了这得不到的快乐我是恹恹欲病了,这时候有一个声音拂过我的耳际,像是一种安慰:

"我在这里招待你,当你空手回来的时候。"

"你是谁?"

"寂寞。"

"我还有余勇追赶另一只快乐呢?"我倔强地回答。

我可是没有追赶新的快乐。为了打发我的时间,我埋头在一些回忆上面。如同植物标本的采集者,把无名的花朵采集起来,把它压干,保存在几张薄纸中间,我采撷往事的花朵,把它保存在记忆里面。"回忆中的生活是愉快的。"我说。"我有旧的回忆代替新的快乐。"不幸,当我认真去回忆,这些回忆又都是些不可捉摸的东西。犹如水面的波纹，一漾即灭。又如镜里的花影，待你伸手去捡拾，它的影子便被遮断消失，而你只有一只空手接触在冰冷的玻璃面上。我又失败了。"没有记忆的日子，像一本没有故事的书！"我感到空虚，是近乎一种失望。于是复有个关切的声音向我嘤然细语：

"我在这里陪伴你，当你失去回忆的时候。"

"谁的声音？"我心中起了感谢。

"寂寞。"

我没有接近它，因为我另有念头。

我有另一个念头。我不再追赶快乐，不再搜寻记忆，我想捞获些别的人世的东西。像一个劳拙的蜘蛛，在昏晓中织起捕虫的网，我也织网了。我用感情的粘丝，织成了一个友谊的网，用来捞捉一点人世的温存。想不到给我捞住的却是意外的冷落。无由的风雨复吹破了我的经营，教我无从补缀。像风雨中的蜘蛛，我蜷伏在灰心的檐下，望着被毁的一番心机，味到一种悲凉，这又是空劳了，我和我的网！

"请接受我的安慰罢，在你空劳之后。"

这是寂寞的声音。

我仍然有几分傲岸，我没有接受它的好意。

岁月使我的年龄和责任同时长大，我长大了去四方奔走，为要寻找黄金和幸福。不，我是寻找自由和职业。我离开温暖的屋顶下，去暴露在道途上。我在路上度过许多寒暑。我孤单地登上旅途，孤单地行路，孤单地栖迟，没有一个人做伴。世上，尽有的是行人，同路的却这般稀少！夏之晨，冬之夕，我受等待和焦盼的煎熬。我希望能有人陪伴我，和我抵掌长谈，把我的劳神和辛苦告诉他，把我的希望和志愿告诉他，让我听取他的意见，他的批评……但是无人陪伴我，于是，寂寞又来接近我说：

"请接受我的陪伴。"

如同欢迎一个老友，我伸手给它，我开始和寂寞相习了。

我和寂寞相安了。沉浮的人世中我有时也会疏离寂寞。寂寞却永远陪伴我，守护我，我不自知。几天前，我走进一间房间。这房里曾住着我的友人。我是习惯了顺手推门进去的，当时并未加以注意。进去后我才意识到友人刚才离开。友人离开了，没留下辞别的话却留下一地乱纸。恍如撕碎了的记忆，这好像是情感的毁伤。我怃然望着这堆乱纸，望着裸露的卸去装饰的墙壁，和灰尘开始积集的几凳，以及扃闭着的窗户。我有着一种奇怪的期待，我心盼会有人来敲这门，叩这窗户。我希望能够听见一个剥啄的声音。忘了一句话，忘了一件东西，回来了，我将是如何喜悦！我屏息谛听，我听见自己呼吸的声音和心脏的跳动。室内外仍是一片沉寂。过度的注意使我的神经松弛无力，我坐下来，头靠在手上，"不会来了，不会来了"，我自言自语着。

"不要忘记我。"一个低沉难辨的声音。

我握上门柄，心里有一种紧张。

"我是寂寞，让我来代替离去的友人。"

"别人都离开而你来了。愿你永远陪伴我！"

啊！情感是易变的，背信的，寂寞是忠诚的不渝的。和寂寞相处的时候，我心地是多么坦白，光明！寂寞如一枚镜，在它的面前可以照见我自己，发现我自己。我可以在寂寞的围护中和自己对语，和另一个"我"对语，那真正的独白。

如今我不想离开它，我需要它做伴。我不是憎世者，一点点自私和矜持使我和寂寞接近。当我在酣热的场中，听到欢乐的乐曲，我有点多余的感伤，往往曲未终前便想离开，去寻找寂寞。音乐是银的，无声的音乐是金的。寂寞是无声的音乐。

寂寞是怎么样？我好像能够看到它，触摸到它，听见它。

它好像是没有光波的颜色,没有热的温度,和没有声浪的声音。它接近你,包围你,如水之包围鱼,使你的灵魂得在它的氛围中游泳,安息。

永久的憧憬和追求

萧 红

一九一一年，在一个小县城里边，我生在一个小地主的家里。那县城差不多就是中国的最东最北部——黑龙江省——所以一年之中，倒有四个月飘着白雪。

父亲常常为着贪婪而失掉了人性。他对待仆人，对待自己的儿女，以及对待我的祖父都是同样的吝啬而疏远，甚至于无情。

有一次，为着房客租金的事情，父亲把房客的全套的马车赶了过来。房客的家属们哭着诉说着，向我的祖父跪了下来，于是祖父把两匹棕色的马从车上解下来还了回去。

为着两匹马，父亲向祖父起着终夜的争吵。"两匹马，咱们是算不了什么的，穷人，这两匹马就是命根。"祖父这样说着，而父亲还是争吵。

九岁时，母亲死去。父亲也就更变了样，偶然打碎了一只杯子，他就要骂到使人发抖的程度。后来就连父亲的眼睛也转了弯，每从他的身边经过，我就像自己的身上生了针刺一样；他斜视着你，他那高傲的眼光从鼻梁经过嘴角而后往下流着。

所以每每在大雪中的黄昏里，围着暖炉，围着祖父，听着祖父读着诗篇，看着祖父读着诗篇时微红的嘴唇。

父亲打了我的时候，我就在祖父的房里，一直向着窗子，从黄昏到深夜——窗外的白雪，好像白棉一样飘着；而暖炉上水壶的盖子，则像伴奏的乐器似的振动着。

祖父时时把多纹的两手放在我的肩上，而后又放在我的头上，我的耳边便响着这样的声音：

"快快长吧！长大就好了。"

二十岁那年，我就逃出了父亲的家庭。直到现在还是过着流浪的生活。

"长大"是"长大"了，而没有"好"。

可是从祖父那里,知道了人生除掉了冰冷和憎恶而外,还有温暖和爱。

所以我就向这"温暖"和"爱"的方面,怀着永久的憧憬和追求。

一九三六年十二月十二日